Gesine Schulz
wurde in Niedersachsen geboren und wuchs im Ruhrgebiet auf, wo sie heute wieder wohnt. Mehrere Jahre lebte und arbeitete sie im Ausland: in den USA, in Südamerika und in Irland. Ihre Ferien verbringt sie am liebsten in ihrem Garten auf der »Grünen Insel«. Neben ihrer Tätigkeit als Kinderbuchautorin schreibt sie Kurzkrimis.
Unter www.gesineschulz.com ist die Autorin auch im Internet vertreten.

In der Reihe »Privatdetektivin Billie Pinkernell« erschienen:
Fernando ist futsch
Der geklaute Garten
Die hohle Hochzeitstorte

Privatdetektivin Billie Pinkernell

Gesine Schulz

Die hohle Hochzeitstorte

UEBERREUTER

Für zwei wundervolle Lektorinnen –
Luitgard Distel und Gudrun Likar
mit herzlichem Dank

ISBN 3-8000-5052-8

Umschlagillustration von Dorothea Tust
Umschlaggestaltung von Werkstatt · München / Weiss · Zembsch

Druck: Ueberreuter Print
1 3 5 7 6 4 2

Ueberreuter im Internet: www.ueberreuter.at

Inhalt

Das Torten-Problem

Billie schlängelte sich durch die dichte Reihe von Erwachsenen, die ihr die Sicht versperrte.

»Hoppla, hoppla«, sagte eine ältere Frau in einem lila Kostüm. »Nicht vordrängeln, junge Dame!«

»Aber ich sehe von hinten überhaupt nichts«, sagte Billie. »Ich steh ja nicht auf Stelzen.«

»Nun lassen Sie doch das Kind nach vorne«, sagte eine andere Frau.

Vor Billie tat sich eine Lücke auf und sie schlüpfte hindurch. Sie stand nun vor einem Motorradfahrer. Er trug einen rot glänzenden Helm, einen schwarzen Lederanzug mit einem Totenkopf auf dem Rücken und schwarze Stiefel. Nach vorne gebeugt saß er auf dem Motorrad, so, als brause er gerade mit 160 Sachen über die Autobahn. Er sah total echt aus. Abgesehen davon natürlich, dass er nur zehn Zentimeter groß war und mit seinem Motorrad auf einer Torte stand.

So eine tolle Torte hatte Billie noch nie gesehen. Sie war spitz und weiß wie ein schneebedeckter Berg, um den herum sich ein Weg bis nach unten schlängelte. Billie stellte sich vor, wie er gleich losfahren würde, den steilen Weg nach unten rasen, sodass der Sahne-Schnee nur so durch die Gegend fliegen würde. *Das* wäre eine Geburtstagstorte für Herrn Danziger! Auch wenn er schon über achtzig war und nur noch Fahrrad fuhr – früher war er Motorrad gefahren, davon hatte er ihr erzählt. Mit seiner Frau in so einem komischen kleinen Beiwagen. Und mit Lederkappen auf dem Kopf und einer Art Taucherbrille vor den Augen.

Aber auch wenn sie nicht oft Torten kaufte – Billie war klar, dass die sieben Euro fünfzig, die Herr Danziger ihr gegeben hatte, für den Motorradfahrer im Schnee nicht ausreichen würden. Schade. Gab es nichts Kleineres?

Sie machte sich dünn und bewegte sich Zentimeter um Zentimeter nach rechts bis vor das lila Kostüm und begutachtete die Torten hinter der Glastheke: eine hellgelbe dreistöckige Cremetorte, die mit bunten Schmetterlingen besetzt war. Eine Schachbrett-Torte mit essbaren Schachfiguren. Vielleicht war eine flache Torte nicht so teuer? Nur dass Herr Danziger nicht Schach spielte, sondern Scrabble.

»MEISTER!«, schrie die Frau im lila Kostüm. Sie trat nach vorne und presste Billie gegen die Theke. Billies rechte Backe, ihr Ohr und ihr halber Mund wurden gegen die Glasscheibe gequetscht. »Hülfe!«, krächzte Billie. Wer hätte gedacht, dass es in einer Konditorei so gefährlich sein könnte? Sie holte tief Luft, hob die Schultern und schaffte es, die Frau zweieinhalb Millimeter zurückzuschieben.

»Ach, entschuldige«, sagte die und rückte von Billie ab. »Ich war für einen Augenblick ganz hin und weg. Sieht sie nicht aus wie ein Traum?« Ein paar andere Kundinnen stimmten zu: »Herrlich.« – »Hinreißend.« – »Himmlisch!«

Billie drehte sich um. Hinter der Theke stand ein dunkelhaariger Mann und hielt eine weiße Torte, die mit rosa Rosen geschmückt war. Die Blüten rieselten an der Torte herunter und sahen so frisch aus, als seien sie gerade im Garten gepflückt worden. »Sind die echt?«, fragte Billie.

Die Dame im lila Kostüm schüttelte den Kopf. »Man könnte es meinen, nicht? Sie sind aus Zucker. Meister Kondylas, Sie haben sich wieder einmal selbst übertroffen! Ich bin überwältigt.« Sie trat einen Schritt vor. Durch eine blitzschnelle Bewegung zur Seite rettete Billie sich davor, erneut gegen das Glas gedrückt zu werden. Sie drängelte und schlängelte sich zwischen Glastheke und Damenbäuchen zum Ende der Theke durch, wo neben der Kasse zwei Stühle an der Wand standen. Sie setzte sich. Es würde eine Weile dauern, bis sie an der Reihe war, und hier war sie hoffentlich sicher. Auf jeden Fall war es ein guter Beobachtungsposten. Und eine Privatdetektivin konnte genaues Beobachten gar nicht genug üben.

Billie beobachtete und bald war klar: Die meisten Torten waren nach den genauen Wünschen der Kundschaft angefertigt und schon viele Tage vorher bestellt worden. Die Schachtorte wurde von einem schnurrbärtigen Mann abgeholt; eine Gänseblümchentorte von einer Frau mit zwei kleinen Töchtern, die Gänseblümchen-Haarreifen trugen. Ein Mann mit grauen Locken übergab Meister Kondylas ein Kästchen mit den Worten: »Für Gosewitz!« Wer mochte Gosewitz sein? Eine Kundin reichte der Verkäuferin eine Kaffeetasse. Sie bestellte für die Taufe ihres Enkels eine Torte, die zum Tassenmuster passen sollte. Sie bezahlte im Voraus. Billie staunte über die vielen Scheine, die sie der Verkäuferin gab. Sie erhielt nur drei Euro zwanzig Wechselgeld zurück. Na, vielleicht würde es eine riesige Riesentorte werden. Für zweihundert Gäste. Könnte doch sein. Billie fischte eine Broschüre aus dem Wandhalter neben der Kasse.

Konditorei Kondylas
Preisgekrönte Torten vom Konditormeister
Aus Rabenstein in alle Welt

Billie sah sich die Torten-Fotos an, las Aussprüche dankbarer Kunden und Kundinnen. Einige Medaillen waren abgebildet. Meister Kondylas hatte sie auf Konditor-Meisterschaften in Bukarest, New Orleans und Paris gewonnen. Sie sahen aus wie aus purem Gold. Ob er in der Backstube einen Tresor hatte? Billie blätterte weiter.

Spezialität des Hauses:
Die hohle Torte

Hohle Torte? Hohle Torte, tatsächlich. Du dicke Socke! Sofort fielen Billie Spione ein. Spione, die Geheimdokumente über Grenzen schmuggeln wollten. Für Diamantendiebe wäre so eine Torte ebenfalls praktisch.

Ein Foto zeigte ein Brautpaar, das eine mit weißen Schleifchen bedeckte Hochzeitstorte angeschnitten hatte. Man sah das Kästchen, das in einem Hohlraum in der Mitte der Torte lag. Auf dem dritten Foto hatte die Braut die Eischnee-Schachtel geöffnet und entnahm daraus eine kleine Schmuckdose.

Die entzückte Braut entdeckt im Innern der Torte
das Geschenk ihres Mannes:
kostbare Rubin-Ohrstecker

Geschenke? Na gut. Aber für Diamantendiebe und solche Leute wäre eine hohle Torte auch bestens geeignet. Vielleicht sollte sie dem Sheriff eine Broschüre mitbringen.

Billie blätterte um. Eine Preisliste. Oh! »Du dicke, dicke …«, murmelte Billie.

»Kann ich dir helfen?« Die Verkäuferin lächelte Billie an.

»Ja. Öhhhh … nein, ich glaube nicht. Eigentlich wollte ich eine Geburtstagstorte, aber …«

»Ja?«

»Ich habe nur sieben Euro fünfzig.« Billie zog ihre Nase kraus und sah die Verkäuferin an. *Aphrodite Kondylas* stand auf dem Namensschild, das sie an ihrer Bluse trug.

»Ach so! Ja … das wird ein bisschen schwierig. Die meisten Torten sind außerdem vorbestellt. Wir haben nur ein paar für den allgemeinen Verkauf. Aber selbst die sind etwas teurer, fürchte ich. Warum gehst du nicht zu Bäcker Barkhoff? Da bekommst du sicher eine kleine Obsttorte für dein Geld.«

»Da war ich schon.« Bei Bäcker Barkhoff kauften sie immer ihr Brot. Sein Steinofenbrot war erste Klasse. Die Kruste backte er gerade so dunkel, wie Billie sie am liebsten mochte. »Aber der hat heute zu. Sie machen einen Betriebsausflug, steht an der Tür.«

»Ach ja. Also, äh … Wie heißt du eigentlich?«

»Billie«, sagte Billie. »Billie Pinkernell.«

»Und ich bin Aphrodite. Also, Billie, kannst du nicht selber einen Kuchen backen?«

»Vielleicht könnte ich das.« In hundert Jahren. Und wenn ihr jemand helfen würde. »Aber es muss eine *Torte* sein. Und ich brauche sie heute Nachmittag.« Unbedingt brauchte sie die. Nur wegen ihr hatte Herr Danziger ja zu einem nachträglichen Geburtstagskaffee eingeladen. Eigentlich hatte er seinen Geburtstag geheim halten wollen. Aber dann hatte Billie ein Geständnis aus ihm herausgepresst. Aus Versehen irgendwie. Weil sie auf der Spur einer internationalen Verbrecherbande war. Und jetzt musste eine Torte her.

»Hm. Ja.« Aphrodite kratzte sich am Kopf.

»Entschuldigung?« Eine junge Frau in einer knallroten Radlerhose und einem lila Oberteil hüpfte neben ihnen auf der Stelle. »Kann ich Ihnen den Brief geben, der in meine hohle Torte soll?«

»Natürlich, Frau Sanders. Für Donnerstag, ich weiß Bescheid.« Aphrodite nahm ein zusammengerolltes Stück Papier entgegen, das Frau Sanders aus ihrem Oberteil gezaubert hatte. Die kleine Rolle war mit einem dunkelroten Samtband umwickelt.

»Tschüss«, sagte Frau Sanders und joggte aus der Konditorei.

»Ein Liebesbrief«, flüsterte Aphrodite. »Für ihren Freund, zum Jahrestag. Ich bringe ihn mal nach hinten.«

»Okay«, sagte Billie. Vielleicht könnte sie irgendwo Kekse kaufen und die mit Schokolade, die in der Sonne gelegen hatte und halb geschmolzen war, zu einer Art Torte zusammenkleben?

Aphrodite kam zurück. »Ich glaube, ich habe etwas für dich. Kannst du noch ein bisschen warten? Bis der Ansturm hier vorbei ist?«

Billie nickte. Klar würde sie warten. Vielleicht hatten sie ja eine missglückte Torte für sie? Einen eingestürzten Berg zum Beispiel, den sie ihr für sieben Euro fünfzig verkaufen würden. »Ist es eine missglückte Torte?«

Aphrodite schnalzte mit der Zunge und schüttelte den Kopf. »Bei uns gibt es keine missglückten Torten!«

Ex-Knackis!

Die Tür ging auf und der Motorradfahrer von der Torte betrat die Konditorei. Nur dass er größer war und seinen roten Helm unter dem Arm trug.

»Hallo, Arnie«, sagte Aphrodite. »Einen Moment, ich gehe eben nach hinten und packe die Torte in einen Karton.« Sie hob den Schneeberg hoch.

Arnie stieß einen bewundernden Pfiff aus. »Su-per!«

»Die Figur sieht aus wie Sie«, sagte Billie.

»Ich hab ja dem Dietrich auch Modell gesessen. Da hinten, im Tortenraum. Er ist erste Sahne. Echt.«

»Ihre Geburtstagstorte?«

»Nicht meine, nee. Aber das Rudel wird fünf.«

»Das Rudel?«

»Das Rudel von Rabenstein. Unser Motorrad-Klub. Noch nie was davon gehört? Bist wohl nicht von hier, was?« Er setzte sich neben Billie.

»Doch, bin ich. Aber noch nicht lange. Ich bin mit meiner Mutter erst vor ein paar Wochen hergezogen. Aus Berlin.«

»Ah, Berlin. Super! Will ich auch mal hin. Joh!«

»Die Torten hier sind ganz schön teuer, nicht?«

»Sauteuer! Normalerweise.« Arnie senkte seine Stimme. »Wir kriegen unsere aber billiger. Unser Boss kennt hier jemanden. Aus 'm Bau. Beziehungen sind eben alles.«

»Aus dem Bau?« Aus welchem Bau?

»Ja, beim letzten Mal haben sie ihn verknackt. Sonst ist er immer mit einer Geldstrafe davongekommen, wenn der Sheriff ihn beim Fahren ohne Führerschein erwischt hat.«

»Ach, Ihr Boss war im Gefängnis?« Du dicke Socke! Und ausgerechnet heute hatte sie ihr Notizheft nicht dabei! »Öh … und wer ist Ihr Boss?«

»Du bist ja gar nicht neugierig, was?«

»Na ja …«

»Ach, was soll's. Es weiß sowieso jeder, dass Schinken ein Ex-Knacki ist. Eine Woche hat er gesessen.«

»Schinken?« Na, den Namen konnte sie sich auch ohne Notizheft merken.

»Ja, weil er so gerne Schinkenbrötchen isst.«

Ein Spitzname also. Billie sah schon die neue Seite in ihrem Notizheft vor sich:

Ex-Knackis in Rabenstein

Erstens: Schinken — Boss vom Rabensteiner Rudel
eine Woche hinter Gittern!

Grund: immer wieder ohne Führerschein gefahren! (mit dem Motorrad)

»War 'ne langweilige Woche für ihn. Wir durften ihn nicht besuchen. Aber hatte auch sein Gutes. Weil er da den Dietrich kennen gelernt hat. Den haben sie vom Einbrecher zum Konditor umgeschult. Weil er so geschickte Finger hat.«

»Ohhhhh.« Das wurde ja immer besser. »Und Dietrich wird er genannt, weil diese Nachschlüssel so heißen, mit denen Einbrecher einbrechen, ja?«

»Nee. Er wird Dietrich genannt, weil er so heißt.«

»Hm.«

Zweitens: Dietrich (echter Name!)
Früher: Einbrecher
jetzt: Tortenmacher in Konditorei Kondylas

Aphrodite kam mit einem hohen weißen Karton zurück. »Geht das so, Arnie?«

»Null Problemo.« Er stand auf und setzte seinen Helm auf. »Ich habe meinen Beiwagen dabei. Da kommt sie rein.«

Ein junger Mann in einem hellen Leinenanzug drängte sich vor. Er trug einen goldenen Siegelring am kleinen Finger. »Kann ich Ihnen eben die Schachtel geben? Ich muss zum Bahnhof. Die ersten Verwandten rücken schon an.«

»Klar, geben Sie her. Für Maijh- eh, nicht?«

»Ja, Mjhrzak. M-J-H-R-Z-A-K. Bin ich froh, dass ich ab Mittwoch anders heißen werde.«

Aphrodite lächelte. »Was ist denn drin?«

»Ein Herz-Anhänger. Aus Smaragden. Grün wie Ninas Augen.« Er wurde rot.

»Smaragde!«, sagte Arnie. »Nobel, nobel.«

Der Mann zuckte mit den Schultern. »Wiedersehen! Ich muss los.«

»Muss ich auch«, sagte Arnie. Herr Mjhrzak hielt ihm die Tür auf. Arnie trug seinen Tortenkarton so vorsichtig hinaus, als hielte er einen Sack mit rohen Eiern.

»So, jetzt bist du dran, Billie«, sagte Aphrodite. »Einen Augenblick. Ich lege nur eben die Schachtel in den Tresor, dann hole ich deine Torte.« Die Torte war flach, so groß wie ein Telefonbuch, ungefähr zwanzig Zentimeter hoch und rosa. Die Ränder waren mit kleinen weißen Rosenblüten besetzt. Obendrauf stand in schokoladiger Schreibschrift:

Drum herum lagen winzige Babyrasseln und Schnuller aus Zucker.

Babyrasseln und Schnuller für Herrn Danziger?

»Na, was sagst du, Billie?«

»Tja … sie ist wirklich sehr hübsch, aber –«

»Und lecker! Unser berühmter Biskuit und dazu eine Himbeer-Schokolade-Füllung.«

Billie lief das Wasser im Munde zusammen. Dass die Torte gut schmeckte, war schließlich die Hauptsache. Sie holte ihr Geld aus der Hosentasche.

»Nein, das lass ruhig stecken, Billie. Sie wurde bereits bezahlt, ist aber nicht abgeholt worden. Weil Frau Brandts Zwillinge schon vorgestern auf die Welt kamen, früher als erwartet; genau an Frau Brandts Geburtstag. Und wenn die Torte heute nicht gegessen wird, tun wir sie ohnehin weg. Was aus unserer Konditorei kommt, muss frisch sein.«

»Ich weiß nicht«, sagte Billie. »So eine teure Torte. Ich glaube, ich sollte lieber etwas bezahlen.«

»Na gut. Dann gib dein Geld in unsere Kaffeekasse.«

»In Ordnung.« Billie steckte das Geld in eine blaue Zuckerdose. »Und wenn ich Ihnen mal aus der Klemme helfen kann, sagen Sie mir Bescheid, ja? Ich bin nämlich Privatdetektivin.«

»Oh! Wirklich? Okay, ich werd's mir merken.«

Die SCRABBLE-Torte

Pünktlich um drei trug Billie die Torte in den Garten. Ihre Mutter und Herr Danziger saßen schon am runden Tisch unter dem Apfelbaum. Herr Danziger war ein alter Freund und Nachbar von Urgroßtante Malwine. Er wohnte immer noch in der Einliegerwohnung der Villa Pinkernell. Billie mochte ihn sehr gerne, auch wenn es sie wurmte, dass sie immer noch nicht dahinter gekommen war, was es mit den Briefen auf sich hatte. Herr Danziger bekam nämlich an manchen Tagen einen riesigen Stapel Briefe. Und manchmal verschickte er auch einen Brief. Einen einzigen! Das war doch merkwürdig! Und der Umschlag war cremefarben und hatte ein goldenes Wappen.

»Achtung, die Torte kommt!«, rief Billie und näherte sich mit vorsichtigen Schritten, damit sie in dem hohen Gras nicht stolperte. Sie wollte auf keinen Fall mit dem Gesicht in der Torte landen.

Der Tisch war mit Urgroßtante Malwines Blümchengeschirr gedeckt. Das Geschirr und die bestickte Tischdecke, den Tisch, den verwilderten Garten, das Gartenhaus und überhaupt die ganze alte Villa Pinkernell hatte Billie kürzlich von ihrer Urgroßtante geerbt. Und Sophie, die graue Katze, auch. Billies Mutter rückte die Vase mit den rosa Rosen und Margeriten, die sie im Garten gepflückt hatte, zur Seite. Billie stellte die Torte auf den Tisch. »Na! Was sagt ihr dazu?«

Herr Danziger sagte: »Donnerlittchen!«

»Billie!«, sagte ihre Mutter. »Wo hast du die denn her?«

»Toll, nicht?« Billie lachte. »Da staunt ihr, was? Eine Scrabble-Torte, extra für Sie, Herr Danziger.« Billie hatte die Schrift

1000 Küsse, mein Liebling!!!, die Schnuller und Babyrasseln abgepult und aufgegessen. Nur die winzigen Rosen am Rand waren geblieben. Weil die Torte danach ausgesehen hatte, als hätten Mäuse sie angeknabbert, hatte Billie Kakaopulver in ein Sieb gefüllt und es über die rosa Oberfläche gestreut. Und dann war ihr noch der beste Einfall des Tages gekommen: Sie hatte sich Herrn Danzigers Scrabble-Spiel ausgeliehen und ein paar Buchstabensteinchen auf die Torte gelegt.

VIEL GLÜCK

stand nun darauf.

»Viel Glück, Herr Danziger!«, sagte Billie und setzte sich.

»Es ist fast zu schade, sie anzuschneiden«, sagte Billies Mutter, das Tortenmesser in der Hand.

»Ach wo, Mam! Säble los. Sie hat eine Himbeer-Schokolade-Füllung. Und Aphrodite sagt, sie muss heute gegessen werden.« Und sie aßen. Ein Stück, zwei Stück, drei Stück jeder.

»Sie schmeckt einfach wunderbar«, sagte Herr Danziger.

»Zum Reinsetzen«, meinte Billies Mutter.

»Mhmmmühmh!«, stimmte Billie mit vollem Mund zu. Sie konnte gut verstehen, dass Meister Kondylas überall diese Goldmedaillen gewonnen hatte.

»Aber jetzt kann ich nicht mehr«, sagte ihre Mutter.

Herr Danziger schenkte Kaffee nach. Billie trank noch etwas kalten Kakao aus ihrem Becher. Es war ganz still. Bis auf das Zwitschern der Vögel. Eine Biene summte über den Tisch hinweg. Billie legte ihren Kopf in den Nacken und sah in den Apfelbaum. Manchmal lag Sophie auf einem Ast und ließ eine Pfote herunterbaumeln. Aber heute nicht. Herr Danziger polierte die Scrabble-Steinchen mit seiner Serviette und lächelte. Seine Baskenmütze war ein wenig verrutscht. Billie wünschte sich auch eine Baskenmütze. Aber eine blaue.

Ein fürchterliches Quietschen durchschnitt die Stille.

»Ich muss endlich mal das Gartentor ölen«, sagte Billies Mutter.

»Och, nicht, Mam. Ist doch schön. So hören wir immer, wenn jemand da durchkommt.« Das seitliche Gartentor wurde eigentlich nur von Leuten benutzt, die zu Billies Detektivbüro wollten. Das hatte sie sich im Gartenhaus eingerichtet. Es hatte ein Zimmer und eine Veranda und war aus Holz. An der Wand über ihrem Schreibtisch hing ein echter Erpresserbrief in einem Rahmen. Billie hoffte, jetzt käme niemand, der eine Privatdetektivin brauchte. Nach so viel Torte war sie viel zu träge, um irgendwelchen Verbrechern hinterherzujagen. Ein Mädchen mit langen roten Haaren kam den Gartenweg entlang und winkte. Es trug eine verwaschene hellrote Latzhose, die ihm mindestens zwei Nummern zu groß war, und ein grünes T-Shirt. »Oh, gut! Es ist Loreley.«

»Hallo, zusammen«, sagte Loreley.

Billie winkte. Herr Danziger nickte lächelnd.

»Hallo, Loreley«, sagte Billies Mutter. »Setz dich doch. Möchtest du vielleicht ein Stück Torte?«

»Au ja! Gerne, Frau Pinkernell.« Loreley setzte sich im Schneidersitz ins Gras. Billie lief in die Küche und holte noch einen Becher, eine Kuchengabel und einen Kuchenteller.

»Mhm, die ist aber lecker«, sagte Loreley nach dem ersten Biss. »Mhm! Die Rosen schmecken gut. Nach Vanille. Ach ja – Billie, wusstest du, dass es eine Blumensprache gibt?«

»Nee. Wusste ich nicht. Worüber reden die denn?«

»Na, die Blumen reden doch nicht! Es ist eine Art Geheimsprache. Nina hat es mir erklärt, meine Kusine, die jetzt heiratet. Ich dachte, das wäre doch etwas Tolles für deinen nächsten –«

»Nein!«, rief Billie. »O NEIN!« Sie sprang auf. »Nicht schon wieder! Nicht schon wieder eine neue Geheimschrift oder so was. Jetzt habe ich mich gerade an die mit dem gegrillten Rotbarsch gewöhnt.* Außerdem habe ich gar keinen neuen Fall.« Vor lauter Aufregung lud sich Billie noch ein Stück Torte auf den Teller und aß es im Stehen.

»Macht nichts. Gibst du mir auch noch eins? Ich muss sowieso erst mehr darüber rausfinden. Morgen, in der Bücherburg. Hoffentlich gibt es dort ein Buch über die Blumensprache.«

Billie hoffte das nicht. Sie legte sich ins Gras. Loreley war ein richtiger Geheimschriften-Junkie. Blumensprache – wirklich! Kam als Nächstes die Meerschweinchensprache? »Also, Loreley, ich glaube nicht, dass die Blumensprache für eine Privatdetektivin das Richtige ist.«

»Ach, vielleicht doch! Warte nur, bis ich mehr darüber weiß. In Ninas Brautstrauß werden alle Blumen etwas bedeuten. *Liebe* und *Treue* und *ein schönes Zuhause* und *Ewigkeit* und so was alles.«

»Och, puuh«, sagte Billie.

»Rote Rosen«, sagte Billies Mutter. »Rote Rosen sagen *Ich liebe dich*.«

Herr Danziger beugte sich seitwärts und pflückte ein Kleeblatt aus der Wiese. »Dies bedeutet *Viel Glück*.«

»Weiß ich«, sagte Billie. »Das weiß doch jeder. Ist aber keine Blume.«

* Lies nach in: »Der geklaute Garten«, *Privatdetektivin Billie Pinkernell.*

Herr Danziger schmunzelte. »Es ist dasselbe in Grün.«

»Ich glaube, in der Blumensprache werden alle Pflanzen benutzt, nicht nur Blumen«, sagte Loreley. »Im Brautstrauß sind auch Baumblätter.«

»Kanada hat den Ahornbaum als Symbol«, sagte Billies Mutter. »Und auf den deutschen Cent-Stücken ist ein Zweig der deutschen Eiche abgebildet.«

»Da siehst du, wie praktisch das ist, Billie«, meinte Loreley. »Zum Beispiel, wenn ich dir ein Ahornblatt schicke, weißt du, dass der Bankräuber nach Kanada fliehen will.«

»Nee, ich würde denken, dass er auf einen Ahornbaum geflüchtet ist und nicht mehr runterkommt und von der Feuerwehr gerettet werden muss.«

Alle lachten.

»Ich finde, das mit der Blumensprache ist eine hübsche Idee«, sagte Billies Mutter. »Dass der Brautstrauß eine Geheimsprache spricht, ist so romantisch. Darüber könnte man ein wunderschönes Buch machen. Mit Fotos von Brautsträußen. Ja, und unter den Fotos ein paar Zeilen über die Bedeutung …«

Billie setzte sich auf. Ihre Mutter war viele Jahre Lektorin in einem Berliner Verlag gewesen. Sie hatte die herrlichsten Blumen- und Garten-Bildbände gemacht. Sie hatte die Ideen gehabt und dann Fotografen losgeschickt. Für *Gärten hinter Gittern* waren vierunddreißig Gefängnisgärten fotografiert worden, von Gelsenkirchen bis Tasmanien. Einer der Gärten war nur ein Balkonkasten gewesen, in dem Unkräuter, Gräser und ein kleiner Baum wuchsen. Alles aus Samen gewachsen, die vom Wind herangeweht worden waren, und aus Körnern, die der Gefangene aus seinem Müsli geklaubt und ausgesät hatte. Traurig, irgendwie. Billie seufzte. Ihre Mutter seufzte auch. Sie vermisste ihre Arbeit im Verlag und auch das gute Gehalt. Jetzt schrieb sie Artikel über die Putzmittel der Firma *Blitzblank* und machte kleine Übersetzungen für ein Übersetzungsbüro. Geschäftsbriefe und Gebrauchsanweisungen für Toaster und so etwas.

»Ich habe heute mein Kleid für die Hochzeit anprobiert«, sagte Loreley. »Es ist soooo schön. Und der Korb mit den Blütenblättern hat –«

»Ach, du bist Blumenmädchen?«, fragte Billies Mutter.

»Ja, zusammen mit meiner Kusine Lena aus Dresden. Unsere Kleider sind primelgelb und aus Chiffon und Seide. Sie reichen fast bis zum Boden. Die Schuhe sind weiß und im Haar tragen wir einen Blütenkranz.«

»Zauberhaft wirst du aussehen«, sagte Billies Mutter.

»Ja, in dem Kleid komme ich mir vor wie eine Prinzessin.«

Billie pflückte ein Gänseblümchen und steckte es sich hinters Ohr. »Nie im Leben würde ich so ein Kleid anziehen.«

»Aber Billie«, sagte ihre Mutter. »Auch nicht, wenn ich mal wieder heiraten sollte? Und dich bitten würde, ein Blumenmädchen zu sein?«

»Na ja. Dann vielleicht. Ausnahmsweise. Für dich würde ich natürlich Blumen werfen, Mam. Aber das Kleid dürfte mir höchstens bis zu den Waden gehen. Sonst kann man ja gar nicht richtig rennen.«

»Die Blumen wirft man doch nicht, Billie«, rief Loreley. »Man streut sie!« Sie machte mit ihrem rechten Arm eine Geste, als würde sie Fliegen von einem Tisch verscheuchen. »So macht man das. Graziös, hat Nina gesagt, wie eine Tänzerin. Und man rennt auch nicht, während man streut. Man schreitet.« Loreley stand auf und schritt durchs Gras.

»Ich habe doch nicht gesagt, dass du rennen sollst, wenn du die Blumen durch die Gegend streust. Aber es kann immer mal sein, dass man rennen muss. Weil das Pferd von der Hochzeitskutsche durchgeht. Oder in der Kirche ein Feuer ausbricht. Dann will ich nicht auf meinen Saum treten und hinfallen.«

»Oh. Ja, da hast du Recht. Aber es ist äußerst unwahrscheinlich, dass so etwas passiert, nicht?«

»Vielleicht«, sagte Billie. »Vielleicht auch nicht.«

Loreley zog aus einer tiefen Tasche ihrer Latzhose ein Buch. »Ich bin eigentlich gekommen, weil ich bei dir lesen will. Bei uns zu Hause ist der Bär los. Überall stolpert man über Verwandte. Nirgendwo hat man seine Ruhe. Noch nicht mal im Autohof.«

Loreley war die größte Leseratte von Rabenstein, wenn nicht von der ganzen Welt. Sonntags war die Bücherburg, wie die Rabensteiner ihre Stadtbücherei nannten, leider geschlossen. Wenn dann noch alle ihre Geschwister zu Hause waren und sie in der Wohnung kein ruhiges Plätzchen zum Lesen fand, verzog sich Loreley mit ihrem Buch gern in ein Auto. Im Hof der Autowerkstatt ihres Vaters standen immer ein paar Autos rum, die darauf warteten, repariert oder inspiziert zu werden. »Onkel Bernhard und Tante Roswitha sind mit ihrem Wohnwagen gekommen. Sie haben ihn im Autohof geparkt. Und sie rennt dauernd rein und raus und hin und her und stört mich pausenlos. Deshalb wollte ich mich auf die Veranda von deinem Gartenhaus setzen, in den Schaukelstuhl, und in Ruhe lesen. Ich habe das Buch heute Morgen angefangen und bin erst auf Seite zweiunddreißig, kannst du dir das vorstellen? Weil ich immerzu gestört wurde. Das Mädchen, Zinny, hat einen vergessenen, total überwachsenen Pfad entdeckt und ich will endlich wissen, wie es weitergeht.«*

Billie nickte. »Na klar kannst du dich da hinsetzen und lesen. Ich kann auch das Tor abschließen, wenn du willst, damit deine Tante Roswitha dich nicht stören kann. Falls sie dir auf der Spur ist.«

Loreley grinste. »Ich glaub nicht, dass das nötig ist. Bis später dann.«

Billies Mutter streckte sich. »Und ich werde mich an meinen Schreibtisch setzen und mir schon ein paar Gedanken über den nächsten Artikel machen.«

»Worum geht's denn diesmal?«, wollte Herr Danziger wissen.

»Um den *Schimmelschock*«, sagte Billies Mutter mit düsterer Stimme.

Herr Danziger schmunzelte und schüttelte den Kopf.

»*Blitzblank* hat uns wieder einen ganzen Karton davon geschickt«, sagte Billie. »Sie haben nicht vielleicht Schimmel in Ihrem Badezimmer, Herr Danziger?«

»Nein, zum Glück nicht.«

»Schade! Wir nämlich auch nicht.«

»Ich kann besser darüber schreiben, wenn ich das Mittel ausprobiert habe und sehe, wie es wirkt«, sagte Billies Mutter.

»Oh, ich weiß, Mam! Du gibst mir einfach den Auftrag, ein schimmeliges Badezimmer zu finden.«

»Tun denn Privatdetektivinnen so etwas?«

»Na klar, warum nicht? Bankräuber, Erpresser, schimmelige Badezimmer – ich mache alles.« Und bestimmt war das kein Fall, in dem Loreleys Blumensprache zum Einsatz kommen würde. Außer es gab eine Blume, die bedeutete:

* Loreley liest »Ich, Zinny Taylor« von Sharon Creech.

schimmeliges Bad in Sicht. Und das war ziemlich unwahrscheinlich.

»Nun gut, Schatz, den Auftrag hast du. Ein Badezimmer wäre am besten, aber zur Not nehme ich auch Schimmel im Keller oder sonst wo.«

Als Billie zum Gartenhaus kam, saß Loreley auf den Holzstufen, die auf die kleine Veranda führten, das aufgeschlagene Buch auf ihren Knien. Im Schaukelstuhl, mitten auf dem blauen Kissen, lag Sophie und putzte sich mit einer Pfote das rechte Ohr.

Loreley legte ihren Kopf in den Nacken und sah nach oben in den Himmel oder in den großen Apfelbaum, der neben dem Gartenhaus stand. »Es gibt bestimmt ein Buch darüber«, sagte sie.

Billie guckte hoch. Außer vielen grünen Blättern sah man nichts. »Hallo, Tim. Habt ihr Schimmel in eurem Badezimmer?«

»Schimmel? Nein.«

»Tim möchte ein Baumhaus bauen«, sagte Loreley.

Im Baum raschelte es. Tim kletterte herunter. Er setzte sich auf den untersten Ast und sprang auf den Boden. »Hi, Billie! Nur wenn du nichts dagegen hast natürlich. Ist ja dein Baum.«

»Nö, hab ich nicht. Ist doch eine super Idee! Außerdem ist er fast dein Baum. Wo du doch immer drin sitzt. Und ihn viel länger kennst als ich.« Tim war schon in dem Apfelbaum herumgeklettert, als Urgroßtante Malwine noch lebte und Billie noch nie vom Garten gehört hatte. »Wir fragen besser vorher meine Mutter. Aber ich glaube nicht, dass sie was dagegen hat. Kannst du denn so was?«

Tim zuckte mit den Schultern. »Ich brauche Bretter und Nägel und –«

»Und ein Buch brauchst du!«, rief Loreley. »In der Bücherburg gibt es bestimmt eins über Baumhäuser, in dem ganz genau steht, wie man eins baut.«

»Loreley, habt ihr ein schimm-«

»Nein, haben wir nicht. Und ich bin immer noch auf Seite zweiunddreißig!«

Billie legte eine Hand an Tims Ohr und flüsterte: »Möchtest du ein Stück Torte? Es ist noch ein kleines da.«

»Nein, danke«, flüsterte er zurück. «Ich muss jetzt ins Freibad. Kommst du mit?« Tim war Rettungsschwimmer und tat in den Sommerferien häufig Dienst am Kinderschwimmbecken.

Billie überlegte: Ihr Magen war voller Torte. Und sie wollte endlich all das in ihr Notizheft eintragen, was sie in der Konditorei über hohle Torten für Diamantendiebe und ehemalige Knackis aufgeschnappt hatte. Außerdem musste sie darüber nachgrübeln, wie sie ein schimmeliges Badezimmer finden könnte.

Billie schüttelte den Kopf. »Ich bleibe lieber hier.«

Tim nickte und winkte. »Tschüss«.

Briefträger, Hunde und Perücken

Am nächsten Morgen machte sich Billie auf den Weg zur Stadtbücherei. Sie wurde Bücherburg genannt, weil sie von außen aussah wie eine Burg und innen voller Bücher war.

Billie war ein bisschen brummelig. Vor dem Frühstück hatte sie wieder Herrn Geiger, dem Briefträger, aufgelauert. Diesmal hatte sie ihn vor dem Tor abgefangen und ihm angeboten, die ganze Post für die Villa Pinkernell mitzunehmen. Aber hatte er ihr freundliches Angebot angenommen? Kein bisschen!

»Keine Post für Pinkernell«, hatte er gesagt. »Und die Briefe für Herrn Danziger werfe ich lieber selbst in seinen Kasten. Dafür werde ich bezahlt.« Er hatte aus seinem Schiebewagen ungefähr zwanzig Umschläge genommen, die von einem roten Gummiband zusammengehalten wurden.

Billie war ihm gefolgt, vom Bürgersteig durch das alte Eisentor in den schmalen Vorgarten bis zu den beiden Briefkästen, die neben einem Rhododendronstrauch vor sich hinrosteten. Sie hatte sich fast den Hals verrenkt, um wenigstens einen Blick auf die Schrift oder auf einen Absender zu erhaschen. Vergebens! Herr Geiger hatte die Klappe von Herrn Danzigers Briefkasten geöffnet und den Stapel blitzschnell darin verschwinden lassen. Als er sich umgedreht hatte, war er mit Billie zusammengestoßen, die dicht hinter ihm stand.

»Neugierig bist du gar nicht, was?«, hatte er gesagt und sie angelächelt. Ein merkwürdiges Lächeln. So als wüsste er etwas, das sie nicht wusste. In Billie war ein fürchterlicher Verdacht aufgestiegen: Herr Geiger wusste über die geheimnisvollen Briefe Bescheid! Wenn sie doch nur einmal einen Blick auf die Umschläge werfen könnte! Aber sie wusste, was sie tun würde. Sie würde einfach warten, bis –

»Frau Lang, die mich vertritt, wenn ich Urlaub habe, wirft die Post übrigens auch immer persönlich in die Briefkästen«, hatte Herr Geiger gesagt und das Tor hinter sich geschlossen.

»Du dicke Socke«, hatte Billie gemurmelt. Woher hatte er gewusst, was sie plante? Konnten Briefträger etwa Gedanken lesen?

Billie war nicht mehr ganz so brummelig, als sie den Hügel

hinuntergelaufen und fast an der Kreuzung angekommen war. Ihr würde schon noch einfallen, wie sie Herrn Geiger oder seine Vertreterin oder die ganze Post überlisten könnte. Jetzt würde sie sich erst mal um ein schimmeliges Badezimmer kümmern, damit ihre Mutter einen guten Artikel schreiben konnte. Ihre Anzeige wollte sie auch wieder ans Schwarze Brett in der Bücherburg pinnen. Billie zog den Zettel aus ihrer Hosentasche. Es war eine Fotokopie der Zeitungsannonce, die sie aufgegeben hatte, als ihr Detektivbüro noch ganz neu war. Letzte Woche hatte sie die Anzeige abgenommen. Da hatte sie vor lauter Fällen gar nicht gewusst, wo ihr der Kopf stand, und hatte keine neue Kundschaft anlocken wollen.

DETEKTIVBÜRO BILLIE PINKERNELL
Kleopatra-Weg 13, GARTENHAUS
SERIÖS, DISKRET, PREISWERT
(KEINE GARANTIE)

»Pass doch auf!«, rief jemand, aber es war zu spät. Riemen wickelten sich um Billies Beine wie Lassos um ein Rind, und sie verlor das Gleichgewicht. In der nächsten Sekunde saß sie auf dem Bürgersteig, umgeben von einem Meer aus bellenden, kläffenden Hunden.

»Ruhe! Sitz!«, rief die Stimme.

Die Hunde setzten sich und hörten mit dem Bellen auf. Billie sah hoch. Es war der kleine Alfred.

»Da haben wir ja noch mal Glück gehabt«, sagte er.

»Glück?« Billie rieb sich ihr Hinterteil. »Wo ich mir vielleicht das Steißbein gebrochen habe?«

»Ja, Glück. Weil du dich nicht auf Blümchen gesetzt hast.«

Alfred nahm ein weißes Hündchen auf den Arm, das mindestens zwanzig Gramm schwer war und aussah wie eine Puderquaste auf Beinen.

»Warum zittert er denn so?«

»Sie ist eine Sie«, sagte Alfred. »Blümchen ist sehr schreckhaft. Weil sie nervöse Vorfahren hat, meint ihr Frauchen.«

Billie war froh, dass sie keine nervösen Vorfahren hatte.

»Blümchen kann auch nicht allein sein. Nicht eine Minute. Solange sie bei uns in der Tierpension ist, schläft sie sogar bei mir. Gut, dass Ferien sind. Sonst müsste ich sie mit in die Schule nehmen.«

»Hm.« Billie stand auf und musste sich ein paar Mal hin und her drehen, bevor sie die Hundeleinen um ihre Beine wieder los war. Sie sah sich um und zählte. »Elf Hunde? Seit wann läufst du mit so vielen Hunden rum?« Zwar waren es lauter kleine Hunde – Dackel, verschiedene Mischlinge, Yorkshire Terrier, ein Mops und ein Zwergpudel. Aber elf Hunde waren doch ziemlich viel.

»Ich muss üben. Ich will Dog Walker werden. In New York. Wenn ich groß bin. Habe ich was im Fernsehen drüber gesehen. Fünfzehn große Hunde hat der Mann jeden Tag Gassi geführt.«

»Willst du nicht mehr Tierarzt werden?«

»Nee. Oder nur so nebenbei. Bis ich größer bin, lassen mich meine Eltern nur mit den kleinen Hunden üben.«

Billie konnte das verstehen. Der kleine Alfred war höchstens neun und für sein Alter nicht gerade groß. »Na, tschüss dann, Alfred. Ich muss zur Bücherburg.«

»Und wir gehen jetzt runter zum Fluss. Mitten durch die Stadt traue ich mich mit ihnen noch nicht.«

In der Bücherburg pinnte Billie als Erstes ihre beiden Zettel ans Schwarze Brett. Die Anzeige für ihr Detektivbüro hing nun zwischen:

Putzhilfe für zwei Nachmittage gesucht
Ausländerin angenehm. Tel.: 89651, Frau Kling

und:

Übergewicht? Wollen Sie abnehmen?
Beratung jeden Dienstag im Gesundheitsamt im Rathaus.
7.30–9 Uhr + 17–18 Uhr

Die Suchmeldung für das Badezimmer:

GANZ DRINGEND!
SCHIMMELIGES BADEZIMMER GESUCHT!
(je schimmeliger, umso besser)
BELOHNUNG!!!!
TELEFON: 62630

passte gerade noch über:

Puppenkurs für Fortgeschrittene
Beginn: 10. September
Infos bei Frau Gosewitz im Puppenladen,
Winkelgasse 6

und:

17 Lava-Lampen
günstig abzugeben
Pizzeria Napoli

»Wenn ich siebzehn Lava-Lampen hätte, würde ich die auch günstig abgeben«, sagte ein Mann, der neben Billie getreten war. Es war Herr Geiger, der Briefträger! Er nickte Billie zu und befestigte eine Karte am Schwarzen Brett:

Gut erhaltene, langhaarige Perücken gesucht.
Annahme im Postamt (Paketschalter)
während der amtlichen Öffnungszeiten.

Perücken zum Paketschalter! Ob Herr Geiger eine kleine Schraube locker hatte?

Billie stieg die Treppe hinauf in den zweiten Stock und dann die Wendeltreppe zur Kinderbücherei, die unter dem spitzen Dach der Bücherburg lag. Außer vielen Büchern in hohen Regalen gab es hier auch ein Schmökersofa, auf dem Loreley gerne saß. Von der Decke wehten ein paar von der Putzfrau und den Spinnen vergessene Spinnweben. Außen vor den Fenstern saßen Figuren aus Stein und schauten auf die Stadt. Es waren Löwen mit Flügeln und andere seltsame Gestalten. Loreley lag bäuchlings auf dem Schmökersofa, vor sich ein aufgeschlagenes Buch und ein Schreibheft. Sie kaute auf einem Bleistift.

»Hallo, Loreley, wie geht's?«

»Furchtbar! Überaus furchtbar! Das ist ein Buch über die Blumensprache. Frau Ness hat es mir vorhin rausgesucht.«

Billie verdrehte die Augen. Schon wieder diese Blumensprache! »Und was ist so furchtbar?«

»Na, das Buch. Es geht fast alles nur um Liebe! Ein ganzes Buch Blumensprache über die Liebe! Hier, die Feuerlilie bedeutet: *Ich bin in Glut und Leidenschaft für dich entbrannt.* Kann ich schon mal weglassen. Es gibt nur ganz, ganz wenig, was wir vielleicht brauchen können, wenn du einen neuen Fall hast.«

»Wirklich?« Das war ja Klasse.

»Ja. Zwiebeln zum Beispiel. Die stehen für *Stärke und Mut.* Und Knoblauch bedeutet *VIEL Stärke und Mut.* Aber Frau Ness sagt, sie hat vielleicht noch ein anderes Buch.«

»Och, wirklich ...? Du, gerade unten am Schwarzen Brett habe ich Herrn Geiger getroffen. Heute Früh dachte ich, dass er vielleicht etwas über diese Briefe weiß, die Herr Danziger immer bekommt. Er hat am Postkasten so eigenartig gelächelt, als er merkte, dass ich sie sehen wollte. Ich dachte, es war, weil er über die Briefe Bescheid weiß. Aber jetzt ... Glaubst du, bei ihm könnte eine Schraube locker sein und er lächelt einfach so? Er will nämlich, dass man am Paketschalter Perücken abgibt.«

»Ach das. Er ist eben total verrückt –«

Sogar total verrückt?

»– wegen *Elisabeth*.«

Ach so. Nur wegen einer Frau. Aber warum Perücken? »Und wer ist Elisabeth?«

»Na, die Kaiserin von Österreich. Sisi!«

»Aber die ist doch tot.«

»Natürlich ist sie tot. Herr Geiger ist Kaiser Franz Joseph.« Billie setzte sich. Ein Briefträger, der sich für einen Kaiser hielt! Du dicke Socke!

»Er ist aber auch für die Kostüme verantwortlich. Ihnen fehlen noch Perücken und die Premiere ist schon in ein paar Wochen.«

»Er ist Kaiser in einem Stück?«

»Ja, klar! Was dachtest du denn? Das Post-Theater führt das Musical *Elisabeth* auf.«

»Ach so.« Doch nicht verrückt. Also hatte er heute Morgen aus einem anderen Grund merkwürdig gelächelt. »Ich wette, er weiß, warum Herr Danziger diese Briefe bekommt.«

Billie hatte ihre Mam gewarnt, dass wahrscheinlich viele Leute mit schimmeligen Badezimmern anrufen würden, um sich wegen der Belohnung zu erkundigen.

»Sag ihnen, sie bekommen drei Dosen vom *Schimmelschock*, Mam. Oder auch vier. Wir haben ja genug.«

»Ideen hast du, Billie ... Ich bin skeptisch, dass sich jemand melden wird. Aber wir werden ja sehen.«

Genau! Der Schimmel-Such-Auftrag war bestimmt so gut wie gelöst.

Loreley und die Krise

Billie schleppte ein breites Brett durch den Garten und schob es zu dem anderen auf die Veranda des Gartenhauses. Sie hatte das Holz auf dem Dachboden entdeckt, hinter einem alten Bettgestell. Vielleicht eignete es sich ja als Baumaterial für Tims Baumhaus.

»Tim?«

Keine Antwort. Nicht da.

Sie setzte sich an ihren kleinen Schreibtisch und nahm ihr Notizheft aus der Schublade.

Hm. Das mit den Perücken konnte sie weglassen. Das war ja jetzt geklärt. Trotzdem verdiente Herr Geiger einen Eintrag.

Herr Geiger, Briefträger,

weiß ~~bestimmt~~ höchstwahrscheinlich!! etwas über die Briefe von Herrn D.

weil: hat so gelächelt

und: Hat mir extra gesagt, dass die Postbotin, die kommt, wenn er Urlaub hat, AUCH die Briefe immer höchstpersönlich in den Kasten schmeißt.

Warum weiß er Bescheid? —> Weil Herr Danziger ihm was gesagt hat.

Warum hat er das getan??? ... WEIL:

Billie kratzte sich mit dem Bleistift am Kopf. Jemand stieg die hölzernen Stufen zur Veranda hoch. Jemand, der nicht durch das quietschende Gartentor gekommen war. Also entweder ihre Mam, Herr Danziger oder Tim. Tim kletterte nämlich gerne über die hohe Mauer am Ende des Gartens.

Es war Tim.

»Sind die Bretter draußen für mich? Die sehen gut aus.«

»Ja, die habe ich vorhin auf dem Dachbo-« Das Gartentor quietschte. War das schon Kundschaft oder nur Loreley?

Eilige Schritte kamen näher. Loreley drängte an Tim vorbei in den Raum und ließ sich in einen Korbsessel fallen. Sie war ganz außer Atem. »Ach«, sagte sie. »Ach …« Sie wedelte mit einer Hand vor ihrem Gesicht auf und ab.

Loreley rannte nie, wenn sie es vermeiden konnte!

»Was ist denn los?«, fragte Billie.

»Eine … eine K- … eine K-«

»Katastrophe?«, rief Billie.

Loreley schüttelte den Kopf. Dann nickte sie. »Das … auch.

Puh! Eine Krise, wollte ich sagen. Es gibt eine Krise, eine katastrophale.«

Tim setzte sich in den anderen Korbsessel. »Erzähl schon!«

»Masern!« Loreley sah sie mit großen Augen an.

»Hatte ich schon«, sagte Tim.

»Ist das alles?«, fragte Billie. »Hatte ich auch. Kein Grund zur Aufregung. Tut nicht weh.«

»Ich doch nicht! Die Masern sind in Dresden!«

»In DRESDEN? Warum regst du dich dann so auf? Wir sind Hunderte von Kilometern von Dresden entfernt. Vielleicht sogar tausend.«

»Nicht tausend«, sagte Tim. »Weil nämlich Berlin –«

»Aaaaaaahhhh!«, schrie Loreley. »Ist doch völlig egal, wie weit Dresden weg ist! Die Hochzeit! Sie ist übermorgen. Und Lena und Max haben die Masern und können nicht kommen.«

»Wer ist Max?«, fragte Billie.

»Na, mein Cousin, Lenas Bruder. Und jetzt brauchen wir Ersatz für die beiden. Unbedingt! Nina sagt, es ist ihre Traumhochzeit und sie will, dass alles so stattfindet, wie sie es geplant hat, mit Blumenmädchen und allem. Weil –«

»Max sollte ein Blumenmädchen sein?«, rief Tim und lachte.

»Blödsinn! Lena und ich sollten Blumenmädchen sein. Max sollte vor uns herlaufen und die Hochzeitskerze tragen. Und Tante Roswitha, das ist Ninas Mutter, sagt, wenn wir nicht bald eine Lösung finden, bekommt Nina Herpesbläschen an den Lippen. Von der ganzen Aufregung. Und dann wird Nina die Hochzeit verschieben, weil sie so an ihrem Hochzeitstag nicht aussehen will. Hannes, ihr Verlobter, fing auch noch an zu brüllen. Es war ganz furchtbar. Ich kann so was nicht haben. Und da …«

»Ja?«

»Da habe ich gesagt, ich würde Ersatz suchen.«

»Nett von dir«, sagte Tim.

Loreley sah Billie an.

»Was ist? Warum guckst du mich so an? … Oh! Nee! Das mach ich nicht. Ich bin als Blumenmädchen nicht geeignet.«

»Ach, Billiiiie …«

Billie schüttelte den Kopf. »Frag eine andere. Hast du keine Freundin?« Loreley schwieg. »Oder irgendein Mädchen aus deiner Klasse?«

Loreley zuckte mit den Schultern. »Ich glaub, die sind alle im Urlaub. Und für Max –«

»Da denkst du hoffentlich nicht an mich, nein?«

»Nein, Tim. Du bist viel zu groß für den Anzug. Max ist erst acht. Nein, ich wollte den kleinen Alfred fragen, ob er einspringen würde.«

»Macht er bestimmt«, sagte Billie. »Ich habe ihn heute Morgen getroffen. Er war mit elf Hunden unterwegs, weil –«

»Vielleicht rufe ich ihn mal eben an.« Loreley zog ein Handy aus der Beintasche ihrer Latzhose. »O verflixt. Ich habe wieder vergessen, es aufzuladen. Glaubst du, ich darf mal euer Telefon benutzen, Billie?«

»Klar. Geh in die Küche. Da hängt eins an der Wand.«

Ein paar Minuten später war Loreley zurück. Sie strahlte. »Ich hatte Glück. Er macht es. Gleich morgen Früh geht er zu Schneider Nolte und probiert den Anzug an. Er sagte sogar, er würde am Mittwoch Blümchen mitbringen. Ich hab ihm gesagt, es sei nicht nötig. Ich meine, wir werden so viele Sträuße bekommen. Aber Alfred sagte, er würde nur kommen, wenn er Blümchen mitbringen könne. Und dann habe ich gesagt: ›Okay, wenn du unbedingt willst‹. Ganz schön höflich von ihm, oder, dass er Blumen mitbringen will?«

Billie machte den Mund auf. Sie machte den Mund wieder zu. Nein, sie würde es nicht sagen. Loreley hatte im Moment genug Sorgen. Billie räusperte sich. »Sehr höflich«, sagte sie. Als Loreley und Tim gegangen waren, klingelte sie bei Herrn Danziger.

»Tag, Billie. Komm rein. Hast du Lust auf eine Runde *Mensch ärgere dich nicht?*«

»Tag. Ja, gerne.« Billie schloss die Tür hinter sich. »Herr Danziger, Sie spielen doch manchmal mit dem Pfarrer Scrabble. Glauben Sie, er würde sich über einen klitzekleinen Hund in der Kirche aufregen?«

»Einen Hund? Ich glaube nicht. Er hat letztes Jahr einen Arche-Noah-Gottesdienst abgehalten. Jeder konnte sein Tier mitbringen und alle wurden gesegnet. Es war sogar ein Esel dabei.«

Na, dann war das ja wohl kein Problem. Wo Blümchen doch viel kleiner war als ein Esel.

Nach der vierten Runde, der dritten, die Billie verloren hatte, rief ihre Mutter sie zum Abendessen.

»Och, blöd! Wo ich doch noch meine Revanche brauche. Machen wir morgen Früh weiter, Herr Danziger?«

»Morgen Nachmittag, Billie. Morgens muss ich nach Rabenstädt. Nüchtern. Ich habe einen sehr frühen Termin zu einem Gesundheits-Check-up im Krankenhaus.«

»Okay, morgen Nachmittag dann.«

Eine Gräfin?

Der nächste Morgen war wolkenverhangen. Billie war früh aufgewacht. Als sie das Tor quietschen hörte, stürzte sie zum Fenster und winkte Herrn Danziger nach, der sich ohne Frühstück nach Rabenstädt aufmachte. Frühstück! Billie lief runter in die Küche und säbelte sich zwei Scheiben vom Steinofenbrot ab. Die aß sie im Bett, während sie Sophie damit unterhielt, dass sie unter der Bettdecke mal mit dem rechten, mal mit dem linken großen Zeh wackelte. Sophie lauerte mit nach vorne gebeugten Ohren auf die nächste Bewegung und sprang dann los. Billie beschloss, dieses Spiel *Maus unter der Bettdecke* zu nennen. Eins war klar: Sophie wusste, dass es ein Spiel war und sich da keine echte Maus bewegte. Billie bewegte den nächsten Zeh und Sophie sprang mit einem besonders hohen Satz darauf zu. Das Tor vorne quietschte wieder. Die Post! Billie sah auf den Wecker. Herr Geiger war heute später dran als sonst. Sie würde ihn beobachten.

Billie stieg aus dem Bett und schlich wie ein Indianer auf Kriegspfad zum Fenster. Sophie folgte ihr und sprang auf die Fensterbank. Sie spähten beide hinaus. Aber das war nicht Herr Geiger! Es war auch nicht die Postbotin, die ihn vertrat. Es war ein völlig fremder Briefträger! Billie hängte sich ein Stückchen weiter aus dem Fenster um zu sehen, was er aus seinem Wägelchen holte. Es waren nur ein paar Briefe. Zwei. Einen warf er in den Pinkernell-Briefkasten. Der andere war dann also für Herrn Danziger. Aber nein! Der Briefträger schaute auf Herrn Danzigers Briefkasten, dann wieder auf den anderen und zurück auf den Brief. Er kratzte sich am Kopf.

»Hallo!«, rief Billie. »Guten Morgen. Schönes Wetter heute, nicht?« Der Briefträger drehte sich um. »Hier oben«, sagte Billie. »Na ja, so schön vielleicht nicht. Aber immerhin regnet es nicht.«

Er nickte. »Vielleicht kannst du mir helfen. Ich habe hier ein kleines Problem.«

»Ein Problem?« Das hörte sich gut an. Vielleicht wegen des Briefs? Du dicke Socke. »Ich komme sofort runter. Gehen Sie nicht weg. Bleiben Sie bloß da stehen. Ich bin gleich da.« Billie sauste los, im Schlafanzug, ohne ihre Hausschuhe. Aus dem Zimmer, durch den Gang, die Treppe runter, durch den großen Flur. Sie schloss die Haustür auf und sprang die Stufen hinab. »Hallo!« Sie strahlte den Briefträger an. »Was für ein kleines Problem denn?«

Er kratzte sich wieder am Kopf. »Also, ich weiß nicht, was ich mit diesem Brief machen soll. Herr Geiger wüsste es vielleicht, aber –«

»Ja, wo ist Herr Geiger eigentlich? Hat er Ferien? Davon hat er gar nichts gesagt.«

»Nein, er hat heute Morgen in Rabennest eine Probe für das Musical. Er ist Kaiser Franz Joseph, weißt du?«

Billie nickte. »Und seine Vertreterin?«

»Die wüsste vielleicht auch Bescheid. Aber sie fiel heute Morgen aus. Sie rannte vor einem Hund weg, vor einem Pinscher, der sie schon mal in die Hacke gebissen hat, als sie Post einwarf. Auf ihrer Flucht ist sie gegen einen Laternenpfahl gerannt. Jetzt hat sie eine Beule auf der Stirn und Kopfschmerzen. Da musste ich einspringen.«

Welch ein Glück! »Und der Brief?«

»Genau. Also, die Adresse stimmt. Kleopatra-Weg 13. Aber der Name steht auf keinem der Briefkästen. Ich weiß nicht, wo ich ihn einwerfen soll. Vielleicht ist sie zu Besuch? Hier, schau mal, wohnt die hier?« Er hielt Billie den Brief hin. Billies Augen wurden groß. Der Umschlag war adressiert an:

Ermintrude Gräfin von Löwentatz zu Bimstein

»Nei- … na ja …« War dies das Geheimnis? Aber wer war die Gräfin? Und wo war sie? Herr Danziger konnte sie nicht im Keller versteckt haben, denn er hatte gar keinen Keller. »Sie können mir den Brief geben.« Billie streckte ihre Hand aus.

Der Briefträger zögerte. »Kann ich ihr den Brief nicht selbst überreichen? Ich bin noch nie einer Gräfin begegnet.«

Ich auch nicht, hätte Billie fast gesagt. »Ja, also … wissen Sie … das geht gerade nicht, weil … weil …«

»Ja?«

»Weil sie in der Badewanne sitzt. Ja. Jeden Morgen nimmt die Gräfin ein langes, langes Bad. Ein lila Lavendelschaumbad. Und dabei möchte sie nicht gestört werden. Auch nicht von einem Briefträger.«

»Ich verstehe. Schade!« Er gab Billie den Brief. »Tschüss denn.«

»Wie? Ja, tschüss.« Billie setzte sich auf die unterste Treppenstufe und starrte auf den Umschlag. Schade, dass sie keine Röntgenaugen hatte. Schade auch, dass es ein Gesetz über das *Briefgeheimnis* gab, das verbot, die Briefe anderer Leute aufzumachen. Billie schüttelte den Umschlag. Nein, er war fest zugeklebt. Nichts konnte herausfallen. So ein Pech. Sie guckte auf den Absender:

Halli-Hallo
Das Journal über den Adel und die Prominenz
Postfach
München

Hm. Das war doch diese Zeitschrift, die Frau Hildebrandt so gerne las, die Frau vom Sheriff. Bestimmt las so eine Gräfin sie auch gerne. Aber warum schrieben sie ihr? Und wo war die Gräfin? Die Sache wurde immer geheimnisvoller. Bevor sie den Brief bei Herrn Danziger einwarf, lernte Billie den Namen der Gräfin auswendig. Dann rannte sie zurück in ihr Zimmer und schrieb ihn in ihr Notizheft.

Ermintrude Gräfin von Löwentatz zu Bimstein!!!

Brief von Halli-Hallo für Gräfin an Herrn Danziger

Warum? Wo ist sie?? Rätsel!

Loreley fragen + Frau Hildebrandt

—> Kennen sie den Namen?

oder TELEFONBUCH!?

Waren alle diese Briefe für die Gräfin???

Billie holte sich das Telefonbuch aus dem Wohnzimmer ins Bett. Sie guckte unter E nach, wie *Ermintrude;* unter G wie *Gräfin;* unter L wie *Löwentatz* und unter B wie *Bimstein.* Nichts. Gar nichts. Bei V und Z stand auch nichts.

Gräfin hat kein Telefon!!! nicht in Rabenstein!!!

oder: Geheimnummer?

Könnte sein.

oder: ein Handy?

Hatten Gräfinnen Handys?

Ein neuer Auftrag

Zum Glück kam Loreley gleich nach dem Frühstück vorbei. Billie saß im Gartenhaus an ihrem Schreibtisch und grübelte.

»Hey, Billie! Ich soll –«

»Sag mal, kennst du eine Gräfin von Löwentatz zu Bimstein?«

»Häh? Nee. Billie, meine Ku-«

»Und glaubst du, Gräfinnen haben Handys?«

»Keine Ahnung. Du, meine Ku-«

»Oder haben sie eher Geheimnummern?«

»Sicher Geheimnummern. Aber warum ich hier bin: meine Ku-«

»Deine Kuh? Deine Kuh? Loreley, du hast gar keine Kuh.«

Loreley verdrehte die Augen, ließ sich in einen der Besuchersessel fallen, strampelte mit den Beinen und kreischte. Dann setzte sie sich auf und sagte: »Ich weiß, dass ich keine Kuh habe! Aber ich habe einen Auftrag für dich. Von meiner KUsine.«

»Einen richtigen Auftrag? Warum sagst du das denn nicht gleich? Von deiner Kusine, die Mittwoch heiratet?«

»Von Nina, ja. Und zwar … sie brauchen jemanden, der die Hochzeitsgeschenke bewacht. So ganz unauffällig, während der Hochzeitsfeier im Schlosshotel in Rabennest.«

»Du meinst, es sind vielleicht Diebe unter den Gästen?«

»Nee. Das nicht. Aber es sind wertvolle Geschenke dabei, silberne Soßenlöffel und so was. Es ist besser, jemand passt darauf auf.«

»Unauffällig.« Billie nickte. »Vielleicht gibt es da ja klauende

Kellner.« Sie lächelte und schlug in ihrem Notizheft eine frische Seite auf:

Neuer Auftrag!!

Hochzeitsgeschenke bewachen (gaaanz unauffällig)

wann: Mittwoch

»Es … es hat nur einen kleinen Nachteil«, sagte Loreley. »Du müsstest schon morgens mit in die Kirche kommen. Dann fällst du später nicht weiter auf, weißt du?«

»Kein Problem.«

Arbeitsanfang: morgens in Kirche

»Öhhhh … da ist noch was. Du müsstest … hm … äh … alsblumenmädchenkommen.«

»WAS?«

»Du müsstest als Blu-«

»Hab ich schon verstanden. Nie im Leben! Das ist doch nur ein Trick, damit sie zwei Blumenmädchen hat!«

»Nina zahlt dir zwanzig Euro.«

Das war 'ne Menge Geld.

Und ihr Fahrrad wartete immer noch darauf, repariert zu werden.

»Mach doch mit, Billie. Das Blumenstreuen dauert nicht mehr als ein paar Minuten.«

»Aber das komische Kleid müsste ich den ganzen Tag tragen, oder?«

»Ja, schon. Aber müssen sich Detektive nicht andauernd verkleiden? Schnurrbärte ankleben, große Hüte aufsetzen und so was? Ist doch so ähnlich.«

»Vielleicht ist es das.« Billie überlegte. »Soßenlöffel aus echtem Silber?«

»Ja! Und noch jede Menge anderer Geschenke, die bestimmt auch ziemlich wertvoll sind. Den Soßenlöffel schenken wir, deshalb weiß ich davon. Und Hannes, das ist Ninas Verlobter, hat eine hohle Hochzeitstorte bestellt, da ist sein Geschenk für Nina drin. Vielleicht was aus Gold. Oder Platin.«

Hohle Torte! Hatte nicht der Mann in der Konditorei auch für Mittwoch eine hohle Hochzeitstorte bestellt? »Wie sieht dieser Hannes aus? Trägt er einen goldenen Siegelring an seiner linken Hand?«

»Ja. Woher –«

»Und sein Nachname fängt mit M an. Keiner kann ihn richtig aussprechen.«

»Ja! Mjhrzak. Aber woher weißt du das?«

»Nicht umsonst bin ich eine Privatdetektivin.« Billie grinste. »Ich weiß auch, dass er seinen Namen ändern wird.«

»Genau! Er nimmt Ninas Namen an. Hannes Ley wird er dann heißen. Du bist wirklich gut, Billie!«

»Ich bin noch besser.« Gut beobachten können war wirklich wichtig für eine Privatdetektivin. »Ich weiß sogar, was in der hohlen Hochzeitstorte sein wird.«

»Wirklich? Was denn?«

»Ich glaube nicht, dass ich das verraten sollte, oder?«

»Och, ich weiß nicht. Nein, vielleicht nicht ... Aber ist es etwas Tolles?«

Ein Herz-Anhänger aus Smaragden? »Ja, etwas Tolles. Das könnte man sagen.«

»Oh! Ich bin so gespannt! Und du machst morgen mit?«

»Ja. Ich mache mit.«

Herr Danziger in der Patsche

Es war gerade ein Uhr, als Herr Danziger aus Rabenstädt zurückkehrte. Billie nahm sich vor, zwei Stunden zu warten, bevor sie bei ihm klingelte. Sie wollte Herrn Danziger nicht bei seinem Nickerchen stören, dass er mittags gerne hielt. Aus der Küche holte sie den großen Korb und sammelte Äpfel ein, die ins Gras gefallen waren. Sie setzte sich an ihren Schreibtisch und blätterte durch ihre Detektivbücher. Alle möglichen Tipps standen da drin. Wie man unauffällig Leute verfolgte. Wie man unsichtbare Tinte herstellte, um geheime Botschaften zu verfassen. Wie man aus einem alten Handschuh falsche Augenbrauen machte, um sein Aussehen zu verändern. Aber nicht ein einziger Satz über die beste Methode, einen Tisch voller wertvoller Hochzeitsgeschenke zu bewachen. In einem primelgelben, langen Kleid. Du dicke Socke. Billie versuchte das Kleid zu vergessen.

Sie besuchte ihre Mutter, die vor dem Computer saß und sich bemühte über den *Schimmelschock* zu schreiben. Leider hatte sich noch niemand mit einem schimmeligen Badezimmer gemeldet. Um Viertel nach zwei hielt Billie es nicht mehr aus. Sie klingelte bei Herrn Danziger.

»Oh, Billie. Was gibt's?« Seine Baskenmütze saß schief und seine weißen Haare standen unordentlich umher.

»Revanche!«, rief Billie.

Herr Danziger zuckte zusammen. »Wie? Was?«

»Na, *Mensch ärgere dich nicht.* Wir wollten heute Nachmittag weiterspielen.«

»Oh. Ja. Gewiss. Komm rein.«

Doch Herr Danziger war nicht bei der Sache. Billie gewann dreimal hintereinander, aber nur, weil er nicht richtig aufgepasst hatte. So machte das Gewinnen keinen Spaß. »Sie passen ja gar nicht auf, Herr Danziger. Ich glaube, wir hören lieber auf.«

»Du hast Recht, Billie. Es tut mir Leid. Aber ich … ich mache mir Sorgen über etwas. Ich muss nachdenken. Es ist nicht so einfach …«

Der Arztbesuch! »Sie … Sie sind doch nicht krank, Herr Danziger?« Ihr wurde ein bisschen schlecht.

»Krank? Nein. Der Arzt war sehr zufrieden.«

»Puh!«, sagte Billie. Sie stand auf und lief hin und her. »Da bin ich aber froh.« Sie warf einen Blick auf den Schreibtisch. Der Brief an die Gräfin war nicht zu sehen.

»Nein, ich sitze in einer Klemme und weiß nicht, wie ich da wieder rauskommen soll.« Herr Danziger rieb sich die Stirn und schüttelte den Kopf.

»Haben Sie etwas angestellt?« Ob es mit dieser Gräfin zu tun hatte?

»Angestellt? Tja … So könnte man es nennen. Schade, dass Malwine nicht mehr lebt. Ihr würde gewiss ein Ausweg einfallen.«

»Vielleicht fällt mir ja auch einer ein. Schließlich bin ich Urgroßtante Malwines Urgroßnichte.«

»Ach nein, Billie. Damit will ich dich nicht belasten.« Er seufzte.

»Hat es mit dieser Gräfin zu tun?« Der Satz war Billie einfach so rausgerutscht.

Herr Danziger starrte Billie an. »Woher weißt du von der Gräfin?«

»Nicht umsonst bin ich Privatdetektivin. – Nein, ich habe

den Brief heute Morgen gesehen. Der Ersatz-Briefträger wusste nicht, wo er ihn einwerfen sollte.«

»Aber wo war –«

»Herr Geiger musste zu einer Probe und seine Vertreterin ist gegen eine Laterne gerannt.«

Herr Danziger sank in den Sessel zurück. »Früher oder später musste es wahrscheinlich herauskommen. Was soll ich bloß machen? Ich hoffe nur, sie belangen mich nicht wegen Vorspiegelung falscher Tatsachen. Oder Hochstapelei. Oder gar Urkundenfälschung …«

Das wurde ja immer spannender. »Können Sie mir nicht verraten, worum es geht? Sonst platze ich noch vor Neugier.«

Herr Danziger lächelte. Aber er schwieg.

»Meine Mam sagt, man fühlt sich besser, wenn man seinen Kummer jemandem erzählt hat. Und das ist wirklich wahr.«

»Ja? … Nun gut! Aber ich sage es dir *unter der Rose,* Billie.«

»Wie bitte?« Billie guckte nach oben. Keine Rose.

»Sub rosa dictum. Das ist Latein und heißt: unter der Rose gesagt. Es bedeutet, man teilt etwas unter dem Siegel der Verschwiegenheit mit. Es ist vertraulich und muss geheim bleiben. Schon die alten Römer und auch die Ägypter –«

»Ja, ja! Also, ganz unter der Rose: Was ist mit der Gräfin? Wo ist sie?«

Herr Danziger tippte sich mit dem Zeigefinger auf die Brust. »Ich bin die Gräfin.«

Oje. War er auch gegen einen Laternenpfahl gerannt? Und deshalb ein bisschen durcheinander im Kopf? Billie setzte sich wieder hin. »Nein. Sie sind keine Gräfin. Sie sind der Herr Danziger, Herr Danziger.«

»Ich weiß, Billie. Aber die Gräfin bin ich auch. Seit Malwines Tod. Vorher war sie es.«

Billie hob ihre Augenbrauen. Das war ja unglaublich. Urgroßtante Malwine war bestimmt keine Gräfin gewesen. Was war nur mit ihm los? »Soll ich lieber meine Mam holen?«

Herr Danziger lachte auf. »Es ist nicht so verrückt, wie es klingt, Billie. Ich werde dir erzählen, wie ich in die Sache hineingeraten bin.«

»Au ja, bitte.«

Herr Danziger hob den Kopf und sah über Billie hinweg in die Ferne. In die Vergangenheit. »Es begann damit, dass sich während eines Sturms einige Dachschindeln lösten und –«

»Sie fielen Urgroßtante Malwine auf den Kopf und plötzlich hielt sie sich für eine Gräfin?«

»Nein. Zum Glück fielen sie in ein Gartenbeet und richteten keinen Schaden an. Aber der Dachdecker musste kommen. Ein Teil des Daches musste neu gedeckt werden und die Rechnung war sehr hoch. Malwines Ersparnisse waren in den letzten Jahren sehr zusammengeschrumpft. Sie machte sich Sorgen um die Zukunft.«

»Oooch ...« Immer das blöde Geld.

»Sie wollte die Villa Pinkernell keinesfalls verkaufen und ein Zimmer in einem Altersheim beziehen.«

Billie nickte. Was wäre dann auch aus Sophie geworden? Und aus Herrn Danziger?

»Also sah sie sich nach einem kleinen Job um, mit dem sie etwas dazuverdienen könnte.«

»Gute Idee.«

»Ja, aber das Arbeitsamt schickte sie nach Hause. Man sagte ihr, sie sei viel zu alt, um noch vermittelt zu werden. Daraufhin studierten wir die Stellenangebote im *Rabensteiner Boten.* Sie bewarb sich als Empfangsdame in einem Hotel und als Gesellschafterin bei einer alten Dame, die zehn

Jahre jünger war als Malwine, wie sich herausstellte. Beide Stellen bekam sie nicht.«

»Und dann?« Wo blieb die Gräfin?

»Dann holte ich beim Schuster meine Schuhe ab –«

»Und trafen die Gräfin.«

»Nein, aber die Schuhe waren in ein paar Seiten der *Halli-Hallo* eingewickelt. Beim Auspacken las ich, dass die Zeitschrift eine adelige Dame suche, die Benimmfragen von Leserinnen und Lesern beantworten würde. Am liebsten wollten sie eine Gräfin. Oder eine Baronin. Wenigstens ein *von* sollte sie vor ihrem Namen haben. Ich habe nämlich bei *Halli-Hallo* angerufen und gefragt. Malwine hatte keine Chance. Obwohl sie eine wirkliche Dame war.«

»Wie gemein! Und dann?«

»Dann haben wir uns die Gräfin ausgedacht.«

»Ausgedacht? Es gibt sie gar nicht?« Du dicke Socke!

»Nein, sie existiert nicht. Wir hatten ein Gläschen oder zwei von Malwines selbst gebrautem Johannisbeerlikör getrunken und waren wohl ein bisschen angeheitert, als wir auf die Idee kamen. Jedenfalls bewarb sich Malwine als Gräfin Ermintrude von Löwentatz zu Bimstein. Sie bekam den Job sofort. Und jeden Monat ein sehr gutes Honorar.«

»Und sie musste die Villa Pinkernell nicht verkaufen.«

»Nein. Es lief wunderbar. Meist habe ich ihr bei den Antworten geholfen. Es war ganz vergnüglich. Als Malwine starb, habe ich einfach weitergemacht. Und jetzt …«

»Und jetzt?«

»Jetzt haben wir den Salat. *Halli-Hallo* will die Gräfin besuchen. Das stand in dem Brief heute.«

»Du dicke Socke! Und wann?«

»Am kommenden Wochenende schon.«

»Oh! Vielleicht … vielleicht ist die Gräfin ja verreist!«

»Dann kommen sie bestimmt nach ihrer Rückkehr zu Besuch. Sie sind wild entschlossen. Und ich sitze ganz schön in der Patsche.«

»Hm … Da hilft nur eins: Die Gräfin muss sterben!«

»Sterben? Hm. Ja. Wahrscheinlich hast du Recht, Billie. Aber sie wird mir fehlen … Immer wenn ich die Briefe durchsehe und ein paar zum Beantworten aussuche, ist es, als sei Malwine noch da. Nur gerade ins nächste Zimmer gegangen, verstehst du?«

»Oh.« Billie kniff sich in den Oberschenkel. Sie war keine Heulsuse. Überhaupt nicht. Sie kniff noch einmal zu. »Ja, wenn –« Sie räusperte sich. »Wenn das so ist, dann wird die Gräfin eben nicht sterben. Ist doch klar. Dann denken wir uns etwas anderes aus.«

»Ich sehe schwarz, Billie.« Herr Danziger rückte seine Baskenmütze zurecht. »Ach, fast hätte ich es vergessen! Ich habe dir doch aus Rabenstädt etwas mitgebracht. Mach mal die Augen zu.«

Billie kniff ihre Augen zusammen. Papier raschelte. »Was ist es denn? Ist es groß oder klein? Kann es bellen? Oder kann ich es essen? Welche Farbe hat es?«

»Es ist in deiner Lieblingsfarbe.« Also kein kleiner Hund. Und auch keine Schokolade.

»Nun darfst du schauen.«

Billie riss die Augen auf.

Auf Herrn Danzigers Zeigefinger balancierte eine Baskenmütze. Eine blaue!

»Oh. Die ist für mich?« Billie sprang auf. Herr Danziger warf ihr die Mütze zu. Billie setzte sie auf. Schräg. Sie rannte in den Flur und schaute in den Garderobenspiegel. Cool!

Billie lief zurück ins Wohnzimmer. »Danke!« Sie schlang ihre Arme um Herrn Danzigers Hals und drückte ihm einen Kuss auf die Wange. »Genau so eine habe ich mir gewünscht. Zum Geburtstag. Aber es ist noch gar nicht mein Geburtstag.«

»Na, dann bekommst du sie eben zu meinem Geburtstag, Billie.« Herr Danziger zwinkerte ihr zu.

Billie lachte. »Die muss ich sofort meiner Mam zeigen. Tschüss, Herr Danziger. Und wegen der Gräfin fällt mir schon noch was ein. Machen Sie sich keine Sorgen mehr, nein?«

Blumen und Blümchen

Am nächsten Morgen um acht stand Billie in einem primelgelben Blumenmädchenkleid vor dem Garderobenspiegel. Ein Automechaniker in einem ölverschmierten Overall hatte es am Vorabend noch vorbeigebracht. Mit schönen Grüßen von Loreley.

»Tja«, sagte Billies Mutter. »Ich weiß nicht, Billie. Es ist ein bisschen zu weit für dich. Und zu kurz ist es auch. Sagte Loreley nicht, die Kleider seien bodenlang?«

Billie nickte. »Aber mir gefällt es, dass es locker sitzt und mir nur bis an die Waden geht, Mam. So kann ich mich viel besser bewegen. Und auf den Saum treten und deshalb auf die Nase fallen kann ich auch nicht.«

»Das ist wahr. Loreleys Kusine aus Dresden ist wohl etwas kleiner als du und eher rundlich. Aber die Schuhe … Schatz, meinst du nicht, ein anderes Paar wäre angemessener für eine Hochzeit?«

»Nö. Wieso?« Billie streckte einen Fuß vor. Ihre Turnschuhe aus weißem Leder trug sie nicht jeden Tag. »Ich habe sie extra geputzt, siehst du? Und weiße Socken!«

»Ja, schön … Ich dachte an deine Ballerina-Schuhe.«

»Aber Mam, die zwicken doch. Außerdem sind sie schwarz. Und Loreley sagte: weiße Schuhe.«

Billies Mutter lächelte. »Na gut. Und eigentlich siehst du so sehr nett aus, wenn auch ungewöhnlich. Falls die Braut etwas gegen deine Baskenmütze hat, nimmst du sie aber bitte ab, ja?«

Billie nickte. Sie gab ihrer Mutter einen Kuss und machte sich auf den Weg zur Kirche. Hoffentlich würde es nicht regnen. Der Himmel hatte sich bezogen und es war warm und sehr schwül. Vor den breiten Stufen der Kirche hatten sich bereits einige Hochzeitsgäste versammelt. Die Herren trugen dunkle Anzüge und silberne Krawatten. Die Damen steckten in hellen Kostümen oder Kleidern, viele trugen große Hüte. Ganz am Rand, auf der untersten Treppenstufe, saß der kleine Alfred in einem hellblauen Anzug. Er winkte Billie zu. Zu seinen Füßen lag Blümchen.

»Hi, Alfred. Hallo, Blümchen.«

Blümchen knurrte.

»Für so einen winzigen Hund kann sie ganz schön laut knurren.«

»Wahrscheinlich hat sie Angst, du würdest wieder versuchen, dich auf sie zu setzen.«

»Hab ich doch gar nicht. Außerdem war es ein Unfall.«

»Ist ja gut, Blümilein. Ist ja gut.« Alfred streichelte die weiße Puderquaste. »Hoffentlich kommt Loreley bald. Sie bringt die Hochzeitskerze mit, die ich tragen soll. Und auch eine Orangenblüte für mein Knopfloch. Das ist eine Hochzeitsblume, wusstest du das?«

»Nee. Aber wusstest du, dass ein Ahornblatt bedeutet, der Bankräuber will nach Kanada fliehen?«

»Wirklich? Das ist interessant.«

»Na ja, jedenfalls bedeutet es Kanada. Guck, da ist sie.«

Loreley stieg zusammen mit einer Frau in einem primelgelben Kostüm aus einem weißen Mercedes und winkte ihnen zu. Sie trug ein weißes Henkelkörbchen und schritt in ihrem bodenlangen Blumenmädchenkleid auf sie zu. Ihr langes Haar wurde von einem Blumenkranz aus winzigen Rosenblüten und Efeublättern zurückgehalten. »Guten Morgen! Gut, dass ihr schon da seid. Tante Roswitha bringt den anderen Korb und deine Kerze, Alfr- uh ...! Was ist das denn?«

»Das ist Blümchen«, sagte Alfred.

»Ein Hund? Ein Hund? Aber du kannst doch keinen Hund zur Hochzeit mitbringen!«

»Ich hab dir gesagt, dass ich nur kommen kann, wenn ich Blümchen mitbringen darf. Du hast nichts dagegen gehabt.«

»Ja, aber doch nur, weil ich gedacht habe –« Loreleys Blick fiel auf Billies Baskenmütze. »Und was ist das?«

»Schön, nicht? Hat Herr Danziger mir gestern geschenkt.«

»Und das Kleid ist ja viel zu kurz!«

»Ja, zum Glück.«

»Und deine Schuhe! Billie! Ich glaub, ich krieg 'ne Krise. Tante Roswitha, guck mal. Was wird Nina dazu sagen?«

Die Frau im primelgelben Kostüm hatte primelblonde, zu einem Turm toupierte Haare. Sie sahen aus wie gelbe Zuckerwatte. »Nina wird gar nichts sagen, denn sie bekommt sie vor der Trauung gar nicht zu Gesicht. Dafür werde ich sorgen. Sie hat ihre Blumenmädchen und ihren Kerzenträger.

Mehr braucht meine Tochter nicht zu wissen. Jetzt muss alles glatt gehen. Keine Krisen mehr. Jetzt wird geheiratet.« Sie nahm ein zweites Blumenkränzchen aus dem Korb, lüpfte Billies Mütze und setzte ihr den Kranz auf den Kopf. »Hm. Nein, so geht das nicht. Ist dein Haar immer so wild?«

Billie nickte.

»Hätte ich doch nur mein Haarspray dabei! Dann könnten wir es vielleicht zähmen. Oder plätten. Aber so … Nein, setz die Mütze wieder auf, Kind. Warte mal.« Tante Roswitha wühlte in ihrer Handtasche und entdeckte eine Sicherheitsnadel. Sie zupfte drei Röschen und ein Efeublatt von dem Kranz, spießte sie auf die Nadel und befestigte alles an Billies Baskenmütze. »Besser.« Sie nickte.

»Viel besser«, sagte Billie. Haarspray. Das hätte ihr noch gefehlt.

»Und du bist unser kleiner Kerzenträger?«

Alfred stand auf und machte einen Diener. »Ja, aber nur, wenn Blümchen mitmachen darf. Ich kann sie nicht alleine la-«

»Ohhhhhh, wie süüüüüüüß.« Tante Roswitha bückte sich und tätschelte Blümchen.

Billie beobachtete, wie eine winzige Gewitterfliege auf der Zuckerwatten-Frisur landete und dort kleben blieb.

»Ja, was bist du für ein kleiner Wonneproppen. Ja-ducki-ducki-du«, schäkerte Tante Roswitha. Blümchen wedelte mit ihrem Schwänzchen. »Wird sie in der Kirche ruhig sein?«

Alfred nickte.

»Na gut. Komm, mein Schätzchen.« Tante Roswitha befestigte ein paar Röschen an Blümchens Halsband. »Sieht das nicht zu süß aus? Jetzt kommt aber mit, Kinder. Ich erkläre euch, was ihr nach der Trauung zu tun habt.«

Es ging alles gut. Blümchen bellte nicht während der Trauung. Niemand stolperte. Die Braut fiel nicht in Ohnmacht, als sie entdeckte, dass ihr Kerzenträger von einem Hund begleitet wurde. Alfred und Blümchen holten die Kerze am Altar ab und gingen vor dem Brautpaar her, als es die Kirche verließ. An der Tür nahmen die Blumenmädchen ihren Platz hinter Alfred ein und streuten Blüten und Blütenblätter auf die Stufen und den ganzen Weg bis hin zur wartenden Hochzeitskutsche. Die anderen Gäste mussten in Autos zur Hochzeitsfeier fahren. Blümchen, Alfred, Loreley und Billie durften zum Hochzeitspaar in die weiße Kutsche klettern, die von zwei Schimmeln gezogen wurde. Der Kutscher trug einen schwarzen Zylinder.

»Ich bin ja so glücklich«, sagte Hannes, der Bräutigam, und die Braut lächelte. »Endlich habe ich einen Nachnamen, den jeder aussprechen kann.«

Nina stieß ihm einen Ellenbogen in die Seite. »Hast du mich nur geheiratet, weil ich Ley heiße?«

»Nein, weil ich dich liebe natürlich, Schnuckiputzi.« Sie küssten sich.

Blümchen knurrte. Alfred legte eine Hand über ihre Augen.

»Jetzt küsst hier nicht rum«, sagte Loreley. »Nina, erklär Billie lieber, was die Blumen in deinem Brautstrauß bedeuten.«

»Och, ist doch nicht nöt-«, sagte Billie, aber Nina hatte schon angefangen.

»Also: Rote Tulpen – *Liebeserklärung;* Orangenblüten – *Hochzeit;* Efeu – *Treue;* und dies Lindenblatt – *mein Herz ist dein*. Romantisch, nicht?«

»Wenn Sie Ihre Hochzeitsreise nach Kanada machen würden, hätte man noch ein Ahornblatt dazustecken können.«

»Ja? Aber wir fahren auf die Insel Rügen.«

Die Kutsche rollte durch Rabenstein.

Billie dachte über Herrn Danzigers Problem mit der Gräfin nach. Loreley zog unter dem Tuch, das den Boden ihres Blumenkorbs bedeckte, ein Buch heraus und begann zu lesen.

Sie verließen den Ort über die Brücke, fuhren durch Felder und einen Wald, erreichten das Örtchen Rabennest und das Hotel, in dem die Hochzeitsfeier stattfand. *Schlosshotel* stand über dem Tor, durch das sie in einen Innenhof fuhren, der von niedrigen, efeubewachsenen Gebäuden umgeben war.

Schloss! »Gibt es hier vielleicht eine Gräfin oder so was?«, fragte Billie. Vielleicht konnte Herr Danziger die für den *Halli-Hallo*-Besuch ausleihen!

»Nein«, sagte Hannes. »Nichts dergleichen. Das Schloss gibt es schon lange nicht mehr. Nur der Park ist noch da. Das hier waren früher die Stallungen. Jetzt sind das Hotel und ein Restaurant darin untergebracht.«

»Na, in einem Stall habe ich noch nie gegessen«, sagte Billie. »Noch nicht mal in einem ehemaligen.« Auch diesmal tat sie es nicht. Weil der lange Tisch mit den Hochzeitsgeschenken auf der Terrasse stand, weigerte sich Billie, mit der Hochzeitsgesellschaft im Restaurant zu essen. »Schließlich bin ich hier, um auf die Geschenke aufzupassen.« Am Buffet häufte sie Kartoffelpüree auf einen Essteller, streute winzige Erbsen darüber und umgab das Ganze mit Pilzen und Sahnesauce. Als Essplatz wählte sie eine weiße Holzbank, die unter einer alten Kastanie stand. Von hier aus hatte sie einen guten Blick auf die Terrasse und den Tisch mit den Geschenken.

Nach wenigen Minuten gesellten sich der kleine Alfred und Blümchen zu ihr. »Die erlauben keine Hunde im Restaurant.«

»Ist sowieso schöner hier draußen«, sagte Billie mit vollem Mund. »Willst du nichts essen?«

»Doch. Kommt gleich.« Ein Kellner eilte auf sie zu. Er überreichte Alfred eine Serviette, Besteck und einen gefüllten Essteller. Ein Schälchen mit Wasser stellte er neben die Bank auf den Boden. »Danke schön.« Alfred steckte sich die Serviette in den Kragen, schnitt das Fleisch auf seinem Teller klein und begann zu essen. Billie sah dem Kellner nach. Hatte er gerade ein bisschen merkwürdig zu den Hochzeitsgeschenken rübergeschaut?

»Ach, hier seid ihr!« Loreley trug immer noch den Blumenkorb mit sich rum. »Rückt mal ein Stück, bitte. Ich habe gesagt, es sei mir zu langweilig da drin, mit lauter Erwachsenen, ganz ohne Kinder.« Sie nahm ihr Buch aus dem Korb.

»Willst du nichts essen?«

»Hab ich schon. Etwas Suppe. Ich warte auf die Hochzeitstorte. Die gibt es zum Nachtisch. Hier draußen. Außer es gibt ein Gewitter. Champagner gibt es auch. Danach werden die Geschenke geöffnet.« Loreley schlug ihr Buch auf. »Das hat mir Frau Ness gestern gegeben. Sie hat sich dran erinnert, dass die Blumensprache darin vorkommt. *Der verzauberte Garten**. Da sind drei Kinder, die zu ihrem Großonkel auf ein Schloss kommen und –«

»Wir wollen jetzt nach Hause«, sagte der kleine Alfred.

»Jetzt schon?«, rief Billie. »Willst du nicht auf die Torte warten?«

»Nein.«

»Wirklich nicht? Na gut.« Loreley stand auf und legte ihr Buch auf die Bank. »Ich frage mal, ob dich jemand nach Hause fahren kann.« Nach zwei Minuten war sie zurück. »Al-

* Loreley liest »Der verzauberte Garten« von Edith Nesbit.

les klar. Der Kutscher ist mit dem Essen fertig und fährt zurück nach Rabenstein. Er nimmt euch mit.«

»In der Kutsche? Oh, klasse. Komm, Blümchen, wir gehen. Tschüss, Loreley. Tschüss, Billie.«

Der Bewachungsauftrag

Loreley las. Billie beobachtete die Hochzeitsgeschenke.

Endlich öffneten sich die Türen zur Terrasse und die Hochzeitsgäste strömten auf den Rasen. Dreiundvierzig Stück zählte Billie. Vielleicht angezogen von dem Geruch nach Parfüm, Rasierwasser und Haarspray näherte sich eine Wolke winziger Gewitterfliegen der Menschengruppe und umschwärmte sie. Eine Serviererin sprühte etwas in die Luft und die Fliegen flohen. Bis auf ungefähr achtzig, die auf Tante Roswithas Frisur festklebten.

»Du dicke Socke«, murmelte Billie. »Jetzt sieht sie aus wie die Mutter von Frankenstein.«

»Frankenstein hatte keine Mutter«, sagte Loreley ohne von ihrem Buch aufzusehen.

Zwei Kellner trugen einen Tisch heran, auf dem die hohle Hochzeitstorte thronte. »Oooh …«, riefen die Gäste. »Ist die schön.« – »Ein Meisterwerk!« – »Viel zu schade zum Essen.«

Billie reckte den Hals und erhaschte einen Blick, bevor ihr die vielen Leute die Sicht versperrten. Die Torte war dreistöckig, cremefarben und mit rosa Rosen und goldenen Hochzeitsringen aus Zucker geschmückt.

Loreley schloss ihr Buch. »Komm, wir gehen rüber. Gleich schneiden sie die Torte an.«

Billie schüttelte den Kopf. Jetzt konnte sie ihren Posten keinesfalls verlassen. Alle waren abgelenkt. Es wäre der ideale Zeitpunkt für einen Dieb, um ein paar Geschenke mitgehen zu lassen. Ein Kellner brachte ein goldenes Tortenmesser. Drei andere stellten einen langen Getränketisch auf. Auf einem mit roten Herzen bedruckten Papiertischtuch standen Krüge, Aschenbecher, Gläser, Papierservietten und Flaschen in silbernen Sektkühlern.

Gespannte Stille senkte sich über die Hochzeitsgesellschaft, während das Brautpaar die Torte anschnitt und Nina das Baiser-Kästchen aus dem Hohlraum nahm. Der Smaragdherz-Anhänger! Nina würde Augen machen.

Eine Frau schrie auf. Billie zuckte zusammen. Etwas klatschte. Hörte sich nach einer Ohrfeige an. Billie kletterte auf die Bank. Hannes hielt sich die Wange.

»Aber Ni-Nina …«, stotterte er.

Die Gäste drängten sich näher an die Torte. »Was ist denn?« – »Ist Nina übergeschnappt?« – »Haach! Wie schrecklich!« – »Igitt!«

»Ich glaube, mir wird schlecht.« Eine Frau wankte zu Billies Bank. Ihr Gesicht hatte einen grünlichen Schimmer.

»Was ist denn?«, rief Billie.

Die Frau schüttelte nur den Kopf und ließ sich auf die Bank sinken.

»Würden Sie mal bitte die Geschenke im Auge behalten?«, fragte Billie.

»Oh, sag dieses Wort nicht«, murmelte die Frau und schüttelte sich.

Welches Wort? Geschenke? Billie rannte auf die Menschentraube zu und drängelte sich hindurch, bis sie vor der Torte stand. Sie schaute sich um. Wie hypnotisiert sahen alle nur stumm auf die Torte. Oder eigentlich mehr auf die geöffnete Schmuckschachtel, die vor der Torte auf dem Tisch lag. Billie trat näher. Na so was! Auf dem kleinen Samtpolster in der Schachtel lag gar kein Anhänger. Es waren Augen. Braune Augen! Billie streckte die Hand aus.

»Nein, nicht!«, rief Tante Roswitha vom äußeren Rand der Gruppe. Andere holten stoßartig Luft.

Billie berührte mit ihrem Zeigefinger das rechte Auge. Tante Roswitha schrie auf und kippte um.

»Glas«, sagte Billie.

»Sie sind aus Glas?« Hannes schob Billie beiseite.

»Ja. Was dachten Sie denn?«

»Sie … sie sehen so *echt* aus! Einen Moment lang dachte ich wirklich … Ich glaube, wir dachten alle …«

Oh. Auf eine so gruselige Idee war sie gar nicht gekommen. Billie nahm ein Auge hoch. Vorne gewölbt und hinten hohl. Interessant!

Nun brabbelten alle durcheinander und drängten sich wieder näher um den Tisch. »Das richtige Geschenk wurde gestohlen?« – »Was war es denn?« – »Schmuck, glaube ich.« – »Die Polizei. Jemand muss die Polizei rufen.« – »Und einen Krankenwagen.« – »Ach, Roswitha erholt sich schon wieder. Sie kippt manchmal um. Wisst ihr doch.« – »Sie tut so als ob. Das ist ein Unterschied.« – »Da kümmert sich schon wer um sie.«

Billie wurde es zu eng und sie drängelte sich hinaus.

Tante Roswitha lag mit geschlossenen Augen auf dem Rasen neben dem Getränketisch. Loreley hockte neben ihr und tätschelte ihr den Handrücken. »Tante Roswitha, wach doch auf. Ist nicht so schlimm. Sie sind nur aus Glas.«

Billie kniete sich hin. Sie legte beide Handflächen auf Tante

Roswithas Brustkorb und warf sich mit ihrem ganzen Gewicht darauf. Gut, dass sie neulich in ihrem Detektivbuch noch in dem Kapitel über *Erste Hilfe in Notfällen* gelesen hatte.

Loreley boxte sie auf den Arm. »Was machst du denn da? Lass das! Herzmassage macht man nur bei Herzanfällen und so was. Wir können sie mit etwas Wasser besprenkeln. Das hat schon öfter geholfen. Hol mal die Kanne da vom Tisch.« Billie stand auf und nahm einen blauen Krug vom Getränketisch. Mit Schwung schüttete sie den Inhalt über Tante Roswitha aus. Oje!

Tante Roswitha japste.

Loreley lief rosa an. »Bist du wahnsinnig? Wasser, habe ich gesagt!«

Billie wurde heiß. »Tut mir Leid. Ich hab nicht gesehen, dass da Tomatensaft drin war.«

Tante Roswitha stöhnte und begann sich aufzurichten. Ihr Blick fiel auf das rot getränkte Vorderteil ihres Kostüms. »Blut!«, hauchte sie und sank zurück.

»Soll ich jetzt Wasser –«

»Nein, lieber nicht. Wenn wir eine Feder hätten … Früher hat man die angebrannt und Ohnmächtigen unter die Nase gehalten. Das wollte ich schon immer mal ausprobieren.«

»Guck mal, da, die Frau hat ein paar Federn am Hut.« Billie schlich von hinten an sie heran und zupfte eine lange braune Feder heraus. Loreley nahm eine Streichholzschachtel vom Tisch und zündete ein Streichholz an. Billie hielt die Federspitze über die Flamme. Die Feder fing an zu kokeln.

»Uh, das stinkt aber.«

Loreley hielt sich die Nase zu. »Wondert möch koin bösschen, doss mon dovon oufwocht.«

Billie bewegte die stinkende Feder unter Tante Roswithas

Nase hin und her. Ein dünner grauer Rauchfaden stieg in die Luft. »Ist wahrscheinlich auch gut gegen Mücken.«

»Ond gögen Mönschen.« Eine Polizeisirene ertönte in der Ferne. Sie kam näher und näher. Loreley ließ ihre Nase los. »Das ist bestimmt der Sheriff. Hier in Rabennest haben sie keinen eigenen Polizisten.« Inzwischen hatte sich Billie daran gewöhnt, dass die Rabensteiner ihren Ortspolizisten den *Sheriff* nannten. Eigentlich hieß er *Polizeioberkommissar Hildebrandt.* Keinesfalls wollte sie verpassen, was er zu dem Diebstahl sagte. Sie hielt die glimmende Feder ein Stückchen näher unter Tante Roswithas Nase. Die Sirene verstummte.

Tante Roswitha verzog ihr Gesicht und schlug die Augen auf. »Das riecht ja ekelhaft. Weg damit! Helft mir lieber auf.«

Billie warf die Feder hinter sich auf den Tisch. Mit einem lauten »Hau ruck!« zogen sie Tante Roswitha auf die Beine.

»Das Rote ist nur Tomatensaft«, sagte Billie, damit Tante Roswitha nicht noch mal umkippte, sobald sie auf das rot verschmierte Vorderteil ihres Kostüms schaute. Ob sie Billie die Reinigungskosten aufbrummen würde? Damit wäre das Honorar für ihren heutigen Job bestimmt weg.

Gefolgt von drei Kellnern trat der Sheriff auf die Terrasse. Sein Blick wanderte von den aufgeregten Hochzeitsgästen um den Tortentisch zum Brautpaar, das Arm in Arm auf einer Bank saß, weiter zu Loreley und Billie. Der Sheriff rannte los, auf Billie zu – nein, an Billie vorbei. Vor Tante Roswitha blieb er stehen. Er nahm sie bei den Schultern. »Legen Sie sich hin«, sagte er. »Das werden wir gleich haben. Bleiben Sie ganz ruhig.«

Tante Roswitha stieß ihn weg. »Was ist denn mit Ihnen los?«

»Hat jemand einen Arzt verständigt?«, fragte der Sheriff. »Was ist das für eine Verletzung?«

»Ist nur Tomatensaft«, sagte Loreley.

»Ja, irgendein Idiot hat literweise Tomatensaft über mir ausgegossen, als ich hilflos am Boden lag.«

Billie trat ein paar Schritte zurück. Der Sheriff sah sie an.

Hannes und Nina kamen auf die Gruppe zu. »Jemand hat mein Herz gestohlen«, sagte Hannes. »Sie müssen es finden, Herr Oberkommissar.«

»Eigentlich ist es mein Herz«, sagte Nina.

»Jemand hat Ihr Herz gestohlen?«

»Ein Herz aus Smaragden«, sagte Billie. »Ein Anhänger.«

Hannes fuhr herum und starrte sie an. »Woher weißt DU, was in dem Kästchen war? Niemand weiß das. Außer mir … und dem Dieb.«

Billie schüttelte den Kopf. »Und außer dem Juwelier und der Konditorei und der halben Kundschaft vom Sonntag, als Sie da waren und ich auch.«

Der Sheriff schmunzelte. Tante Roswitha schrie: »FEUER!«

Billie, Loreley, der Sheriff, Nina und Hannes fuhren herum. Der Getränketisch hinter ihnen brannte. Eine Seite der Papiertischdecke stand in Flammen. Der Stapel mit den Papierservietten brannte lichterloh. Schon leckten die Flammen am ersten Sektkühler und schwärzten ihn. Zwei Kellner kamen angerannt und begannen die Champagnerflaschen vom Tisch zu nehmen. »Sie können explodieren!«

Die anderen Hochzeitsgästen drängten näher.

»Treten Sie zurück«, sagte Herr Hildebrandt. »Es kann nicht viel passieren.«

Der dritte Kellner kam aus der Terrassentür. Er hielt einen roten Feuerlöscher in den Armen und hoppelte heran. »Oh, meine Hühneraugen! Hier! Keine Ahnung, wie der funktioniert.« Der Sheriff nahm ihm den Feuerlöscher ab, löste einen Schlauch, zielte auf den Tisch und drückte auf einen Hebel.

Weißer Schaum legte sich über den Tisch und erstickte die Flammen.

»Meine Güte, so was habe ich noch nicht erlebt.« – »Gut, dass es unter freiem Himmel passierte.« – »Wie konnte das geschehen?« – »Sofort kaufen wir uns für zu Hause einen Feuerlöscher, Heinrich.« – »Hat jemand geraucht?«

Billie und Loreley sahen sich an.

»Die Feder?«, wisperte Loreley.

»Ich glaube schon«, murmelte Billie. »Ich hab sie auf den Tisch geworfen, als –«

»Nach dem Schrecken können Sie alle sicher erst mal eine Stärkung vertragen.« Der Oberkellner persönlich brachte ein riesiges Silbertablett voller Schnapsgläser.

»Und was kriegen wir gegen den Schreck?«, fragte Loreley.

»Wie wäre es mit einem großen Stück von der Hochzeitstorte?«, sagte Nina. »Schneidet es euch selbst ab.«

»Halt!«, rief Hannes. »Ist die Torte nicht Beweismaterial oder der Tatort oder so etwas? Schließlich sind die Smaragde daraus verschwunden.«

»Sie wurden aus der Torte gestohlen?«, sagte der Sheriff. »Dann werde ich mir die erst mal ansehen.«

Das Hochzeitstorten-Rätsel

Der Sheriff beugte sich über das Kästchen und betrachtete die Glasaugen. Er umkreiste die Torte. Er hockte sich vor die Öffnung und sah ins Innere. »Wer hat die Torte angeschnitten?«

»Wir natürlich«, sagte Nina.

»Wenn der Dieb das Schmuckstück aus der Torte gestohlen hat, hätte die Glasur irgendwie beschädigt sein müssen. Oder die Blumendekoration an der Stelle ungleichmäßig. Wäre Ihnen so etwas aufgefallen?«

Nina zuckte mit den Schultern. »Ich weiß nicht. Ich war ziemlich aufgeregt.«

»Da war nichts«, sagte Hannes. »Ich habe recht genau hingeschaut. Damit ich wusste, an welcher Stelle wir die Torte anschneiden müssten, um auf das Kästchen zu stoßen, waren die Ringe da etwas dunkler. Die Glasur, die Ringe und die Rosen waren einwandfrei. Da ist vorher keiner dran gewesen. Bestimmt nicht.«

»Hm.« Der Sheriff rieb sich das Kinn und ging noch einmal um die Torte herum. Sehr langsam. Er schien jeden Quadratzentimeter zu betrachten.

Billie rückte ein Stückchen näher. Sie hätte ihren Detektivkoffer mitnehmen sollen. Dann hätte sie dem Sheriff ihre Lupe leihen können. Der Sheriff richtete sich auf. »Nein, das ist alles unberührt wie frisch gefallener Schnee.«

Billie hob ihren Arm. »Vielleicht hat er die Torte von unten angebohrt und hat die Schachtel so rausgenommen.«

Der Sheriff sah sie an. Würde er wieder sagen, sie solle sich da raushalten?

»Gut gedacht, Billie. Ich werde die Torte mitnehmen müssen, zur genaueren Untersuchung durch unsere Techniker.«

»Darf ich vorher zwei Stückchen abschneiden?«, fragte Loreley.

Der Sheriff schüttelte den Kopf.

»Aber Loreley«, sagte Billie. »Wir können doch kein Beweismaterial aufessen!«

Der Oberkellner schubste sie zur Seite. »Also, Herr Kommissar. Bei uns ist die Torte ganz bestimmt nicht ausgeraubt worden. Die Konditorei hat sie heute Morgen geliefert. Wir haben sie sofort in den Kühlraum gebracht. Und den habe ich anschließend höchstpersönlich abgeschlossen. Mit dem einzigen Schlüssel, den hier jemand hat. Der andere befindet sich im Tresor.«

»Vielleicht ist der Tresor geknackt worden«, sagte Billie.

»Mein liebes Kind, das habe ich natürlich bereits überprüft. Er ist unversehrt. Das Verbrechen geschah nicht auf unserem Grund und Boden!«

»Den Kühlraum werde ich mir noch ansehen«, sagte der Sheriff. »Wenn es so ist, wie Sie sagen …« Er rieb sich das Kinn. »Tja …«

Hannes starrte ihn an. »Die Konditorei? Sie meinen, es ist schon in der Konditorei passiert?«

»Die haben aber auch einen Tresor«, sagte Billie.

»Ich habe gehört, dort arbeiten Vorbestrafte«, sagte eine Frau.

»Nein! Wirklich?« – »Ja, davon habe ich auch gehört.« – »Das ist ja unglaublich.« – »Man sieht doch, wohin das führt.« Die Gäste unterhielten sich immer aufgeregter.

Der Sheriff hob eine Hand. »Leute, Leute. Keine voreiligen Schlüsse, bitte. Wir werden diesen Fall gründlich untersuchen. Alle, die als Täter infrage kommen, werden wir genau unter die Lupe nehmen. Ob sie nun vorbestraft sind oder nicht.«

»Aber glauben Sie, dass Sie mein Herz finden werden, Herr Hildebrandt?«, fragte Nina. »Es ist bestimmt ein schlechtes Omen für unsere Ehe, wenn das erste Geschenk, das mir mein Ehemann macht, verschwindet, bevor ich es zu Gesicht bekommen habe. Ein ganz schlechtes Omen. Ich spüre es hier, tief in meinem Herzen.« Nina presste ihre Hände auf die Brust.

»Wenn Sie es da spüren«, sagte Billie, »ist es nicht Ihr Herz. Das sitzt links.«

Nina verschob ihre Hände nach links. »Ein schlechtes Omen.«

»Aber Schätzchen ...«, sagte Hannes.

Tante Roswitha schob ihn zur Seite. »Unsinn, Nina. Reiß dich zusammen. Es ist ein ärgerlicher Zwischenfall, aber mehr nicht. Wenn der Sheriff das Smaragdherz nicht wiederfindet, kauft Hannes dir eben ein neues.«

Hannes erbleichte. Er zog den Sheriff zur Seite. »... sehr, sehr teuer ...«, verstand Billie und rückte ein Stückchen näher. »Wenn Sie beweisen können, dass es schon in der Konditorei verschwunden ist, müsste doch deren Versicherung den Schmuck ersetzen, oder?«

»Das nehme ich an«, sagte der Sheriff. »Aber nicht, wenn die Konditorei fahrlässig gehandelt hat. Zum Beispiel, wenn man den Schmuck leichtfertig rumliegen ließ. Ich werde meine Ermittlungen nachher dort fortführen.«

»Aber sie waren nicht fahrlässig!«, rief Billie. »Die Schachtel wurde gleich in den Tresor geschlossen.«

»Hast du das mit eigenen Augen gesehen, Billie?«, fragte der Sheriff.

»Nein, das nicht, aber –«

»Und selbst wenn es so war«, sagte Hannes. »Irgendwann mussten sie die Schachtel wieder rausholen, um sie in der Torte zu verstecken. Vielleicht lag sie da eine Weile unbeaufsichtigt in der Nähe eines offenen Fensters. Und dann kam zufällig ein Dieb vorbei, sah sie und schwupp –«

»Und der hatte – schwupp – ganz zufällig auch die Augen dabei?«, sagte Billie. »Nee, nee, das glaub ich nicht.«

Der Sheriff nickte. »Der Schmuck wurde ja nicht einfach gestohlen, Herr Ley, sondern regelrecht ausgetauscht. Das lässt darauf schließen, dass der Raub geplant wurde. Von jemandem mit einem höchst eigenartigen Sinn für Humor. Diese Glasaugen …« Er zog einen Kuli und ein dickes schwarzes Notizbuch aus seiner Brusttasche und schrieb etwas hinein. »Ich werde von unseren Experten ein Täterprofil erstellen lassen.«

Billie konnte nicht sehen, was der Sheriff notierte. Aber sie wusste, was sie in ihr Notizheft schreiben würde:

<u>Herz-Diebstahl</u>

lange geplant!

TATORT: Konditorei Kondylas?? DIEB: eigenartiger Humor

Täterprofil:

»Was ist denn ein Täterprofil, Herr Hildebrandt?«

Der Sheriff klappte sein Buch zu und sah Billie schweigend an.

»Also«, sagte Hannes. »Es ist sozusagen ein Bild von den Eigenschaften des Täters, von seinen Fähigkeiten, Angewohnheiten und Vorlieben. Wie bei einem Puzzle wird es aus allem zusammengesetzt, was die Polizei herausfindet.«

»Ach so. Ja, klar. So was mache ich auch immer.« Sie hatte es nur nicht so genannt. »Und dieser Täter hat erstens Humor und kennt zweitens die Konditorei und –«

»Und drittens«, sagte der Sheriff, »ist dies eine Angelegenheit für die Polizei. Billie, ich möchte, dass du dich aus diesem Fall raushältst, hörst du?«

Billie nickte. *Gehört* hatte sie es. »Ich weiß sowieso nicht, ob ich Zeit dafür hätte. Ich muss mich nämlich schon um zwei Fälle kümmern.«

»Tatsächlich?« Der Sheriff lächelte. »Sollte es in Rabenstein etwa Verbrechen geben, von denen ich nichts weiß?«

Billie zuckte mit den Schultern. »Ich soll etwas finden.« Ein schimmeliges Badezimmer. »Und dann muss ich mich noch um was anderes kümmern.« Um eine Gräfin, die es nicht gab. Die aber am Wochenende Besuch bekommen würde. »Ist beides ziemlich eilig.«

»Na, da kann ich ja beruhigt sein.« Der Sheriff wandte sich ab und wies zwei Kellner an, die Hochzeitstorte abzutransportieren.

Nina und Hannes machten sich über die Geschenke her. »Wenn der Dieb noch mehr Geschenke gegen künstliche Augen, Zähne oder so was ausgetauscht hat, kriege ich einen Anfall«, sagte Nina. Die Hochzeitsgäste drängelten sich um den Geschenketisch und sahen dem Auspacken zu. So eine spannende Hochzeit hatte noch niemand von ihnen erlebt. Aber das einzig Merkwürdige, das Nina auspackte, war eine mit Glitzersteinen besetzte gehäkelte Toilettenpapier-Haube für die Ersatzrolle.

Tante Roswitha klatschte in die Hände. Sie trug nun eine weiße Kellnerjacke zum Kostümrock und einen Hut. »Alle, die vor dem Kaffeetrinken einen Spaziergang machen wollen: Wir treffen uns in fünf Minuten vor dem Tor.«

»Ich bleibe bei den Geschenken«, sagte Billie zu Hannes.

»Wieso das denn? Ach so. Nein, vielen Dank, dein, äh … Auftrag ist damit erledigt, Billie. Ein paar Freunde von mir packen sie gleich ins Auto und bringen sie in unsere Wohnung in Rabenstein.«

»Darf ich da mitfahren?«

Hannes nickte.

»Och, Billie«, sagte Loreley. »Kannst du nicht noch bleiben? Ich muss bis heute Abend bleiben, bis zum Tanz.«

»Nee, geht nicht. Ich hab so viel zu tun. Aber sperr deine Ohren auf. Falls du hier noch etwas über das Smaragdherz hörst, erzählst du's mir morgen, ja?«

»Kann ich machen. Aber, Billie, der Sheriff hat doch gesagt, du sollst dich aus dem Fall raushalten.«

»Aber habe ich gesagt, dass ich es tun werde?«

Die rettende Idee

»Na, Schatz, wie war die Hochzeit?« Billies Mutter saß mit Tim am Gartentisch. Vor ihnen lag ein großes Buch.

»Ach, es war ganz schön. Viel besser, als ich dachte. Der Sheriff musste kommen. Was schaut ihr euch da an?«

»Ein Buch über Baumhäuser«, sagte Tim. »Du hast gar nicht erzählt, dass deine Mutter mal eins gemacht hat.«

»Wusste ich gar nicht.«

»Damals warst du noch klein, Billie. Oh, komm mal her. Du hast einen Fleck auf dem schönen Kleid.«

Billie verdrehte ihren Kopf und guckte auf ihren Rücken. »Ach, das ist nur ein Rußfleck, Mam. Ein Tisch hat gebrannt.«

»Oh?«

»Eigentlich war es nur die Tischdecke.«

»Das hatte hoffentlich nichts mit dir zu tun.«

»Na ja. Irgendwie schon. Es ist aber nur passiert, weil wir Loreleys Tante Roswitha helfen wollten. Sie war in Ohnmacht gefallen.«

»Billie!«

»Nein, nicht wegen mir, Mam! Wegen der Augen in der Hochzeitstorte.«

»Wie bitte?«

»Ja, die Juwelen sind aus der Torte geklaut worden. Und weil der Dieb einen eigenartigen Humor hat, hat er stattdessen Augen in die Torte gelegt. Künstliche natürlich.«

Tim grinste. »Kein Wunder, dass dir die Hochzeit gefallen hat.«

»Ja, nur die Torte durften wir nicht probieren. Sonst hätten wir ja den Tatort aufgegessen. Das wollte der Sheriff nicht. Und jetzt gehe ich in mein Büro. Ich muss mir Notizen machen.« Sie beugte sich über das Buch. »Baust du dir das mit dem Balkon?«

»Nein, zu schwierig. Aber so einen Flaschenzug will ich haben. Zum Hochschicken von Vorräten und Nachrichten.«

Herr Danziger kam den Gartenweg entlang. »Hallo, zusammen. Störe ich, Frau Pinkernell? Ich habe da eine Frage.«

»Setzen Sie sich doch, Herr Danziger.«

Billie wandte sich zum Gehen.

»Angenommen, eine Gräfin ist gestorben …«, sagte Herr Danziger. Billie blieb stehen. »… und jemand, der keine Todesanzeige erhalten hat, will sie besuchen. Und der Butler will der Person schreiben, dass dies keinen Sinn hat, weil die Gräfin nicht mehr lebt. Meinen Sie, er würde das auf schwarz umrandetem Trauerpapier schreiben oder auf ganz normalem Briefpapier oder auf dem Briefpapier der Gräfin?«

»Tja …«, sagte Billies Mutter.

»Was?«, rief Billie. »Sie wollen die Gräfin sterben lassen?« Herr Danziger legte einen Zeigefinger auf die Lippen und sah Billie an. »Oh«, sagte Billie. »Mhm.«

»Schreiben Sie ein Stück?«, fragte Tim.

Herr Danziger seufzte.

»Normales Briefpapier aber von guter Qualität wäre auf jeden Fall korrekt, glaube ich«, sagte Billies Mutter.

Ein Stück? Ein Stück! Billie lief zu Herrn Danziger. »Lassen Sie die Gräfin noch nicht sterben«, flüsterte sie ihm ins Ohr. »Ich glaube, ich habe eine Idee.«

Im Gartenhaus setzte sich Billie an ihren Schreibtisch. Vor ihr lag das aufgeschlagene Notizheft. Sie wusste gar nicht, wo sie anfangen sollte. Mit dem schimmeligen Badezimmer für Mam sah es ziemlich hoffnungslos aus. Außer, es meldete sich bald jemand.

<u>schimmeliges Bad für Mam suchen:</u>

Loreley gefragt √ Tim auch √

Suchzettel in der Bücherburg √

Es war wirklich schade, wenn eine Privatdetektivin ihrer eigenen Mutter nicht helfen konnte.

WAS JETZT?????

1. Abwarten 2. mehr Leute fragen!!!!

Sie hätte die Hochzeitsgäste fragen können! Zu dumm, dass sie daran nicht gedacht hatte! Und dann die verschwundenen Smaragde! Sie blätterte ein paar Seiten weiter und schrieb:

Herz-Diebstahl:

lange geplant!

TATORT: Konditorei Kondylas?? DIEB: eigenartiger Humor

Täterprofil:

Kennt Konditorei! Kauft dort ein? Arbeitet da?

—> Aphrodite besuchen + ausfragen

Das war ein richtig spannender Fall.

kann warten (ein bisschen, der Sheriff kümmert sich darum)

Am dringendsten war Herrn Danzigers Problem. Entweder musste die Gräfin jetzt sterben oder ihm drohte am Wochenende die Katastrophe. Und Geld würde er so oder so nicht mehr verdienen. Das Gefühl, wie schön es war, als er mit Malwine zusammen die Briefe beantwortet hatte, wäre auch weg. Billie schlug eine neue Seite auf:

Der Fall mit der Gräfin

entweder: sie stirbt (dann kommt der Schwindel nicht raus)

ODER: sie ist da, wenn Halli-Hallo kommt (besser!!)

brauche: eine Gräfin (echt), die lügt

oder: EINE FALSCHE GRÄFIN!!!!

Wie lange würde *Halli-Hallo* bleiben? Sicher nicht mehr als eine Stunde. Sonst würde die alte Gräfin sie eben rauswerfen. Oder ihr Butler würde das erledigen. Genau!

außerdem wird gebraucht: falscher Butler

Ein vornehmer Hund würde sich gut machen.

+ Hund?? (echter)

Vielleicht würde der kleine Alfred einen verleihen. Eine Dogge. Oder einen Windhund.

Die Gräfin würde sehr vornehm sprechen müssen. Aber wie? Und was? Loreley musste her! Bestimmt wusste sie aus ihren Büchern, wie adelige Damen sprachen. Billie warf ihren Bleistift hin. Sie rannte durch den Garten zurück zum Haus.

»Alles paletti, Herr Danziger!«, rief sie, als sie am Gartentisch vorbeikam. Im Büro ihrer Mutter fand Billie nach einer kurzen Suche das Telefonbuch: unter dem Kissen auf dem Schreibtischstuhl. Wirklich! Nur gut, dass sie eine Detektivin war. Billie schlug die Nummer nach und wählte. »Hallo? Hier ist Billie Pinkernell. Würden Sie bitte Loreley, ich meine Lore Ley, ausrichten, dass sie mich ganz dringend sofort anrufen soll? … Ja, sie gehört zu der Hochzeitsfeier. Das Blumenmädchen mit den langen roten Haaren … Ja. Danke. Wiederhören!« Billie starrte abwechselnd auf die Wanduhr und auf das Telefon. Nach vier Minuten und zwanzig Sekunden klingelte es. »Loreley? Sag mal, du weißt doch bestimmt, wie Gräfinnen und solche Leute reden. Aus Büchern, meine ich. Könntest du mal was aufschreiben? Wie für ein Stück? Die Gräfin bekommt Besuch zum Tee. Was würde sie sagen und tun? Einen Butler brauchen wir auch, glaube ich. Und ein Hund ist da. Aber der spricht natürlich nicht … Nee, kann ich dir nicht sagen. Ist für einen Fall. Ganz fürchterlich wichtig und dringend und eilig. Aber alles *unter der Rose*. … Hab ich mir gedacht, dass du das nicht kennst. *Supergeheim* heißt das. Ist auch ’ne Art Blumensprache, nicht? Also, machst du’s? … Oh, gut! Danke. Aber bis morgen? … Na, weil es so eilig ist … Dann schläfst du eben mal weniger. Ist wirklich wichtig … Ja? Danke, Loreley! Tschü-üss!«

So, jetzt fehlte ihr nur noch die Gräfin. Aber sie wusste, wer ihr wahrscheinlich eine besorgen könnte. Gleich morgen Früh würde sie Herrn Geiger auflauern und ihn fragen. Vielleicht gab es im Musical eine pensionierte Postbotin, die Elisabeths Oma spielte. Allerdings müsste sie nicht nur alt sein, sondern auch verschwiegen. Damit man sie – unter der Rose – in Herrn Danzigers Geheimnis einweihen könnte. Den Butler könnte Herr Danziger spielen. Ohne Baskenmütze natürlich. Ob er einen Frack hatte? Fehlte nur noch der Hund. Billie rief den kleinen Alfred an. Sie hatte Glück. Alfred war zu Hause.

»Nein, Billie, einen Windhund haben wir gerade nicht in Pension. Eine Dogge schon, aber die kann ich euch nicht bringen. Sie darf nur von meinem Papa ausgeführt werden.«

»Schade«, sagte Billie. »Habt ihr noch einen anderen großen Hund, der irgendwie vornehm aussieht?«

»Mhhh … vielleicht Maggi. Sie ist so groß wie ein Schäferhund, braun wie ein Boxer, hat Punkte wie ein Dalmatiner und ein Glitzerhalsband.«

Ein Glitzerhalsband. Das war doch was. »Und mit Maggi darfst du alleine raus?«

»Ja, am Nachmittag, wenn keine Briefträger mehr rumlaufen. Sie ist ganz lieb und sehr folgsam, außer, wenn sie Briefträger sieht. Die beißt sie gerne in die Waden. Nicht doll, aber die mögen das nicht.«

Ach herrje! Was würde *Halli-Hallo* sagen, wenn der Hund

der Gräfin immerzu versuchte seinem Frauchen in die Waden zu beißen? Weil die Gräfin eigentlich eine Postbotin war. »Nee, Alfred. Dann kommt Maggi nicht in Frage. Wen kannst du denn sonst noch bieten?«

»Also, ich finde, Blümchen sieht sehr vornehm aus. So weiß und flauschig. Und wenn niemand versucht sich auf sie zu setzen, ist sie auch ganz lieb und ruhig.«

»Ich HABE nicht versucht mich auf sie zu setzen! Und sie ist so winzig! Hat sie wenigstens ein Glitzerhalsband?«

»Nein, aber ich kann ihr eine kleine Schleife ins Haar binden.«

»Na gut, aber eine silberne, ja? Würdest du Blümchen dann Samstag und Sonntag vorbeibringen und eine Stunde hier lassen? Ich weiß noch nicht ganz genau, wann ich sie brauche. Ich sag dir noch Bescheid.«

»Okay. Aber dalassen kann ich sie nicht. Du weißt doch, dass sie nicht alleine sein kann, ohne mich oder ihr Frauchen. Sonst weint sie.«

Du dicke Socke! »Na gut, dann bleibst du eben auch hier. Aber zieh den Hochzeitsanzug an, ja? Tschüss.« Sie würde Alfred zum Urgroßneffen der Gräfin machen. Hieß er dann Graf Alfred? Sie musste Loreley fragen. Und Herrn Danziger musste sie fragen, ob sie den kleinen Alfred und die alte Postbotin unter der Rose in sein Geheimnis einweihen dürfte. Am besten Loreley auch. Und Mam natürlich. Sie sah auf die Uhr. Erst fünf. Wenn sie sich beeilte, würde sie es noch zur Konditorei Kondylas schaffen, bevor sie schloss. Aber nicht in dem Kleid.

Wenige Minuten später trabte Billie in Ringelhosen, einem weißen T-Shirt, feuerwehrroten Turnschuhen und natürlich mit ihrer Baskenmütze am Gartentisch vorbei. Die drei redeten immer noch über Baumhäuser. »Mam, ich muss noch mal weg.«

»Gut, sei aber zum Abendbrot wieder da, ja? Es gibt Apfelpfannkuchen.«

Billie war schon um die nächste Biegung des Weges verschwunden. Diesmal würde sie ihr Notizheft mitnehmen. Die Lupe vielleicht auch. Am besten den ganzen Detektivkoffer.

Am Torten-Ort

Kurz vor der Konditorei blieb Billie stehen und sah die Straße entlang. Kein Polizeiauto in Sicht. Sie huschte zum Schaufenster und spähte in den Laden. Dort war überhaupt niemand zu sehen. Als sie die Tür öffnete, erklang in der Ferne ein Glockenspiel. Konditormeister Kondylas trat hinter die Theke. Zwischen seinen gerunzelten Augenbrauen stand eine tiefe, steile Falte und sein Blick war düster. »Ja, bitte?«, donnerte er.

Billie zog ihre Schultern hoch. Dem wollte sie jetzt lieber keine Fragen stellen. »Ich … ich wollte zu Aphrodite.«

»Weswegen?«

»Öh, wegen … wegen, mh … ja, wegen der Torte vom letzten Sonntag.«

Konditormeister Kondylas' dunkle Augen blitzten. »Wieso? Was war mit der Torte? Habt ihr darin vielleicht Augen gefunden? Oder Ohren oder Zähne? HAHA!«

Aphrodite kam herein. »Aber Papa, was ist denn?« Sie legte

beide Hände auf seine Schultern. »Du sollst dich nicht aufregen. Geh nach oben und leg dich hin, ja?«

Herr Kondylas schnaufte. Er tätschelte ihre Wange. »Du hast Recht, meine Kleine. Du hast Recht.« Er verschwand durch eine Tür, die in den Hausflur führte.

»Hallo«, sagte Billie.

»Oh, hallo, Billie.« Aphrodite lächelte. »Na, wie hat euch die Baby-Torte geschmeckt?«

»Sie war sehr lecker. Vielen Dank noch mal. Öh ... heute war ich ... heute hätte ich fast noch eine Torte probiert.«

»Ach ja?«

»Ja, ich war auf der Hochzeit, wo der Herz-Anhänger aus der hohlen Torte verschwunden ist.«

»Ach herrje. Das ist eine schreckliche Geschichte!«

»War der Sheriff schon hier?«

Aphrodite nickte. »Ja, wir sind alle verhört worden. Mein Vater hat sich furchtbar aufgeregt. Dietrich natürlich auch. Er steht besonders unter Verdacht, weil – na, ist ja egal.«

»Ich weiß. Weil er im Gefängnis war.«

»Das hat sich also schon rumgesprochen. Ja, er war im Gefängnis. Aber wir können alle nicht glauben, dass er so etwas Dummes tun würde. Er liebt seinen neuen Beruf. Er ist sehr talentiert und hat die besten Zukunftsaussichten. Das würde er doch nicht durch so einen Diebstahl aufs Spiel setzen. Niemals. Aber nun: Was kann ich für dich tun? Möchtest du etwas kaufen? Wir machen gleich zu.«

»Nein, kaufen möchte ich nichts. Ich wollte nur ... Weil ich doch auf der Hochzeit war, würde ich gerne wissen, was der Sheriff –«

»Oh, ich erinnere mich! Hast du nicht gesagt, dass du eine kleine Privatdetektivin bist?«

Billie nickte. Auch wenn sie von *klein* bestimmt nichts gesagt hatte. »Sie haben noch etwas gut bei mir, wegen der Torte. Und ich dachte, wenn Sie möchten ...«

»Dann würdest du nach den Smaragden suchen? Das ist nett von dir, Billie. Aber die Polizei kümmert sich doch drum.«

»Ich habe schon einige Fälle gelöst. Sogar einen für Frau Hildebrandt, die Frau vom Sheriff.«*

»Tatsächlich! Nun ja, wenn du gerne möchtest ... Schaden kann es sicher nicht, wenn noch jemand versucht die Smaragde zu finden. Für unsere Konditorei ist es schlecht, wenn hier Sachen verschwinden, die uns Kunden anvertraut haben. Und Dietrich hat vor lauter Aufregung ganz zittrige Finger bekommen. Damit kann er natürlich keine Zuckerfiguren formen. Nächste Woche sollen wir eine Fußballtorte machen, für das Jubiläum des 1. FC Rabenstädt. Dietrich muss die Spieler modellieren. Wenn er zittert, kann er das nicht. Das wäre schlecht für den Ruf unserer Konditorei. Ja, die ganze Diebstahlsgeschichte ist furchtbar für uns.«

»Ich kümmere mich darum«, sagte Billie. Du dicke Socke, hatte sie viel zu tun! »Ach, Sie haben nicht zufällig Schimmel in Ihrem Badezimmer?«

»Was? Nein! Natürlich nicht. Warum?«

»Och, nur so.« Billie zog ihr Notizheft hervor und schlug die Seiten mit dem Herz-Diebstahl auf.

Auftrag bekommen!! von: Aphrodite Kondylas

* Lies nach in: »Fernando ist futsch«, *Privatdetektivin Billie Pinkernell.*

»Darf ich mal den Tresor sehen?«

»Daraus wurde der Schmuck aber nicht gestohlen. Erstens wurde er nicht aufgebrochen. Und zweitens hat Dietrich ausgesagt, dass er die Schachtel geöffnet und sich den Anhänger angesehen hat, nachdem mein Vater die Schachtel aus dem Tresor geholt hatte. Gestern Morgen war das.«

»Darf ich mir den Tresor trotzdem angucken? Ich habe nämlich noch nie einen gesehen.«

»Na gut. Ein paar Minuten habe ich noch. Komm mit.«

Der Raum hinter dem Laden war groß und hell. In der Mitte standen zwei lange Tische und ein Herd aus Edelstahl. Die Wände waren von Arbeitsflächen und hohen Schränken und Regalen gesäumt, die mit Kartons und Dosen gefüllt waren. *Tortendeckchen gold* las Billie auf einer Schachtel. In einer Ecke stand ein kleiner, dicker Tresor. Billie kniete sich vor ihn. So einer fehlte ihr noch in ihrem Büro! »Der war sicher sehr teuer.«

»Ja, ein paar tausend Euro wird er kosten. Soll ich ihn aufmachen?«

Billie nickte.

»Dreh dich mal um, damit du die Kombination nicht siehst. Sonst bist du beim nächsten Vorfall die Hauptverdächtige.«

Billie drehte sich um und kniff die Augen zu. Sie hörte, wie Aphrodite am Zahlenschloss vorne auf dem Tresor hin und her drehte. Es klickte mehrmals, dann öffnete sich die Tür. Billie wandte sich um. Von innen sah der Tresor nicht besonders aufregend auf. Er hatte drei Fächer. Auf denen lagen ein kleiner Briefumschlag, ein winziges Plastikpferd und ein durchsichtiges Kästchen, das einen blauweißen Knopf enthielt. »Och, das sieht aber nicht sehr wertvoll aus.«

»Alles, was unsere Kundschaft uns anvertraut, ist für uns wertvoll, Billie. Außerdem, der Knopf ist sehr alt und selten und aus echtem Meißener Porzellan. Der ist wertvoll. Eine Knopfsammlerin bekommt ihn in einer Knopftorte zur Silbernen Hochzeit. Und das Pferdchen kommt in die Geburtstagstorte eines Mädchens, weil es ein richtiges Pony geschenkt bekommt.«

»Nicht schlecht. Ich hab mal eine beleuchtete Lupe zum Geburtstag bekommen. Genauso eine, wie amerikanische Detektive sie benutzen.« Billie stand auf und sah sich um. Die beiden Fenster an der gegenüberliegenden Wand waren vergittert. »Standen die Fenster auf? Durch die Stäbe kann man durchgreifen.«

»Ja, die Fenster waren geöffnet. Aber die Torten werden an diesen Tischen gebaut. So weit kann niemand greifen, höchstens mit einem extralangen Greifarm.«

»Greifarm?«

»Ja, so ein Metallgerät, das unten Greifer hat. Man kann Sachen damit aufheben, wenn man sich nicht bücken mag, oder kann etwas von hohen Regalen nehmen, an die man nicht heranreicht.«

Hörte sich an wie ein nützliches Gerät. Zum nächsten Geburtstag wollte sie einen Greifarm.

»Aber ein Greifarm wurde nicht benutzt. Dietrich schwört, er habe den Raum nicht verlassen, solange die Schachtel hier draußen stand.«

»Hm. Und was ist hinter diesen Türen?«

»Rechts geht es in einen fensterlosen Kühlraum, in dem wir die fertigen Torten lagern. Die Tür geradeaus führt in unsere Backstube, da arbeiten meine Brüder. Und, bevor du fragst, ja – dort gibt's eine Hintertür. Aber durch die hat sich gestern kein Dieb eingeschlichen. Die Stube war den ganzen Morgen besetzt und die Tür von innen verriegelt.«

»Hm.« Billie wanderte an den Schränken, Regalen und Arbeitsflächen vorbei. An Wandhaken hingen Ausstechformen, Schaber, Spachtel, große Messer, Pinsel, Rührlöffel. Es gab ein Regal mit noch nicht zusammengefalteten Tortenkartons, Rollen mit Geschenkbändern, Küchenmaschinen, große und kleine Siebe, Spritztüten, jede Menge Töpfe und Pfannen. Auf Kartons stand *Reispapier, Esspapier, Gelatineblätter* geschrieben. Kleine Gläser und Flaschen enthielten *Goldstaub, Zuckerfarben, Weinstein, Vanille-Essenz, Rosenwasser*. Halt! Was war das? Billie blieb vor einem silberglänzenden Metallföhn stehen, der neben einem Tortengerüst und einer Schere im Regal lag. Sehr verdächtig. Ob der Dieb, nachdem er auf noch ungeklärte Weise unbemerkt hereingeschlichen war, nicht nur die Glasaugen, sondern auch den Föhn hier gelassen hatte? Weil er einen merkwürdigen Humor hatte?

»Aphrodite! Haben Sie diesen Föhn schon gesehen?«

»Ja, natürlich. Der ist Teil unserer Ausrüstung.«

So ein Pech!

»Jetzt habe ich leider nicht mehr viel Zeit, Billie. Hast du noch eine Frage?«

Bestimmt hatte sie noch eine Frage. Wenn sie ihr nur einfallen würde. Sie folgte Aphrodite in den Laden. »Ach, ich weiß eine! Haben heute noch andere Leute eine hohle Torte bekommen? Und sind die schon gefragt worden, ob bei ihnen auch Augen drin waren statt des Geschenks?«

»Ja, das wollte der Sheriff auch wissen. Heute gab es zwei hohle Torten. Die für die Ley-Hochzeit und eine Geburtstagstorte für Frau Gosewitz. Gestern war es nur eine, für das goldene Dienstjubiläum des Sparkassendirektors. Ich habe im

Beisein des Sheriffs Frau Gosewitz und die Chefsekretärin der Sparkasse angerufen.«

»Haben Sie etwa nur nach Augen gefragt? Der Dieb hätte ja auch was anderes reinlegen können, was er komisch fand. Ein Gebiss oder einen Vampirzahn oder so was.«

Aphrodite schüttelte sich. »Nein, ich war sehr diskret. Ich habe gefragt, ob die Torte ihnen gefallen hat, ob sie rechtzeitig da war, den Transport gut überstanden hat. Dann habe ich, so ganz nebenbei, das Geschenk erwähnt. Man kann ja nicht fragen ›Hat die Torte geschmeckt und waren vielleicht Augen oder etwas ähnlich Ekelhaftes drin?‹ Als Geschäftsleute bemühen wir uns sehr taktvoll mit unserer Kundschaft umzugehen, weißt du?«

»Ja, tue ich auch. Also war alles in Ordnung mit den anderen Torten?«

»Ja, alles bestens. Frau Gosewitz war ganz gerührt. Ihr Mann ist nämlich Anfang der Woche verreist. Er treckt mit Freunden durch die Mongolei und konnte sie nicht anrufen um zu gratulieren. Ein Geschenk hatte er ihr auch nicht dagelassen. Aber gerade, als sie sich mit ein paar Gästen an den Kaffeetisch setzen wollte, lieferten wir die Torte und so bekam sie sein Geschenk.«

»Was war es denn?«

»Eine Kette. ›Dass er sich das gemerkt hat!‹, rief sie. ›Erst neulich sagte ich, dass ich mir etwas für den Hals wünsche.‹«

»Da hat sie aber Glück gehabt, dass er ihr nicht nur ein Halstuch gekauft hat.«

»Das stimmt. Und der Sparkassendirektor hat eine goldene Krawattennadel bekommen, sagte seine Sekretärin.«

»Aha. Na gut. Tschüss dann.«

»Wiedersehen, Billie. Viel Glück bei der Suche.«

Es war zu merkwürdig, dachte Billie auf dem Heimweg, dass niemand den Dieb gesehen hatte. Es musste einen Moment gegeben haben, in dem Dietrich nicht im Tortenraum gewesen war. Vielleicht hatte sich in der Backstube jemand an einem heißen Blech den Finger verbrannt und »Aua!« geschrien. Dann hätte Dietrich sicher nachgesehen, was los war. Oder er war zu einem Schwätzchen nach nebenan gegangen. Während er eigentlich arbeiten sollten. Das hätte er dem Sheriff sicher nicht erzählt. Besonders, wenn Herr Kondylas zugehört und dann gebrüllt hätte. Und genau in diesen paar Sekunden hätte der Dieb die Smaragde klauen können! Mit einem extralangen Greifarm … durch die Fenstergitter … SCHWUPPS! weg war das Schmuckkästchen mit dem Smaragdherzen. Und der Dieb war weggerannt wie ein geölter Blitz.

Ach nein! Erst hatte er den Greifarm noch einmal durch die Gitter geschoben. Um das Kästchen mit den Augen auf den Tisch zu stellen. Oder hatte er das zuerst getan? Billie schüttelte den Kopf. Der war ein ganz schönes Risiko eingegangen. Jede Sekunde hätte er entdeckt werden können. Und das Kästchen! Das mit den Augen musste dem geklauten sehr ähnlich gewesen sein. Also war das erste mit dem Anhänger ebenso weiß gewesen wie das zweite mit den Augen, das Nina aus der Torte genommen hatte. Sonst hätte Dietrich doch sofort gemerkt, dass da plötzlich ein anderes Kästchen steht. Billie lehnte sich gegen ein Auto und zückte ihr Notizheft:

<u>beide</u> Kästchen waren <u>weiß</u>! —> also: Dieb wusste, Ersatz-Kästchen (mit Augen) MUSS weiß sein, sonst wird Tausch SOFORT bemerkt!

WOHER wusste der Dieb das????? Von WEM??

~~Vielleicht~~ wahrscheinlich (höchst-!!) wusste er Farbe UND was drin war (Smaragdherz) von DERSELBEN PERSON

Verräter?!? Wo? —> in Konditorei ODER beim Juwelier ODER jemand, den Hannes kennt (Freund, Mutter, Friseur, Kollege usw., usw.)????????

kann sein: Verräter wusste nicht, dass er das einem DIEB erzählt??

—> DANN ist Dietrich unschuldig (weil fast alle wissen, dass er Einbrecher war)

RAUSFINDEN: wo kriegt man

Ihr Magen knurrte. All diese Rätsel machten sie hungrig. Hoffentlich hatte Mam nicht vergessen, dass sie Apfelpfannkuchen machen wollte. Als Billie den Kleopatra-Weg hochhastete, kam ihr Herr Danziger entgegen. »Wo gehen Sie denn hin? Ich wollte nachher bei Ihnen klingeln. Wegen der Gräfin. Mir ist was eingefallen.«

»Oh, diese Gräfin!« Herr Danziger rieb sich mit einer Hand über die Stirn. »Wie oft habe ich mir heute gewünscht, ich hätte nie etwas von Ermintrude von Löwentatz zu Bimstein gehört! Von dem Weib bekomme ich bestimmt Albträume.«

»Ach was. Warten Sie, bis Sie von meinem Plan gehört haben! Dann sind die Albträume sofort weg. Garantiert! – Ach ja! Herr Danziger, wenn Sie ein paar Glasaugen brauchten, was würden Sie da tun?«

»Glasaugen? Du meinst nicht vielleicht Kontaktlinsen?

Nein? – Na, ich würde trotzdem erst einmal zum Optiker gehen. Der könnte mir sicher weiterhelfen.«

Zum Optiker. Ja, das war eine gute Idee.

»Und nun muss ich mich beeilen, Billie. Ich bin mit dem Pfarrer zum Scrabble-Spielen verabredet. Komm doch morgen zum Frühstück zu mir. Dann kannst du mir von deinem Gräfinnen-Plan erzählen.«

Billie nickte. Bis dahin wüsste sie auch, ob Herr Geiger eine passende pensionierte Postbotin kannte, die die Rolle der Gräfin übernehmen könnte.

Die Gräfin!

Billie hatte sich drei Wecker gestellt, einen auf dem Nachttisch, einen unterm Bett und einen auf der Fensterbank, um Herrn Geiger auf keinen Fall zu verpassen. Doch sie war lange vor den Weckern aufgewacht. In ihren karierten Morgenmantel gehüllt stand sie am offenen Fenster und suchte durch ihr Fernglas die Straße nach dem Briefträger ab. Sophie lag noch auf dem Bett und döste. Einem Briefträger aufzulauern fand sie wohl langweilig. Es war auch langweilig. Zweimal fuhren Autos vorbei, in ganz normalem Tempo, mit ganz normalen Rabensteiner Nummernschildern. Die Leute im Haus schräg gegenüber waren immer noch verreist. Und bei den Hugendubels – Billie schwenkte ihr Fernglas nach rechts – brach heute niemand aus oder ein. Weiter entfernt, beim Haus der Leys, war ebenfalls alles ruhig. Loreleys Fenster stand offen; die Vorhänge aber waren zugezogen. Wahrscheinlich schlief sie noch. Was stand denn da auf der Fensterbank? Irgendwas Braunes. Billie schraubte an ihrem Fernglas herum. Der verschwommene braune Fleck verwandelte sich in einen kleinen, runden Korb. Er stand schräg, sodass Billie hineingucken konnte. Etwas langes Grünes lag drin. Konnte es Porree sein? Ja, wenn es eine Knoblauchknolle wäre, dann wüsste sie, dass Loreley Vampire abwehren wollte. Oder dass sie ihr etwas in dieser Blumensprache mitteilen wollte. Sie hatte doch neulich Knoblauch erwähnt. Genau. *Viel Mut und Stärke* hieß das. Aber Porree? Billie schüttelte den Kopf.

Sie lehnte sich weiter aus dem Fenster und schaute runter auf die große Kreuzung. Dort lief auch alles normal. Dichter Berufsverkehr, aber keine Zusammenstöße. Ah, da kam Herr Geiger endlich mit seinem Postwägelchen den Hügel hochgezockelt. Billie machte das Fenster zu, sauste nach unten, schloss die Haustür auf, sprang die Stufen hinunter auf den Weg und lief zum Eisentor. Sie umklammerte zwei der geschnörkelten Stäbe, von denen die grüne Farbe blätterte, und presste ihr Gesicht an das Gitter wie eine Gefangene, die lange nichts zu essen bekommen hatte. Und seit den sechs Apfelpfannkuchen gestern Abend hatte sie ja auch nichts mehr gegessen. Kein Wunder, dass sie einen Riesenappetit hatte.

»Pst!«, machte sie, als Herr Geiger am Tor vorüberzog.

»Huch!« Er blieb stehen und legte eine Hand auf seine Brust. »Billie! Wie hast du mich erschreckt! Willst du, dass ich einen Herzinfarkt bekomme?«

»Natürlich nicht. Ich habe doch extra geflüstert. Tut mir Leid.«

»Außerdem hast du ganz vergebens gewartet. Heute habe ich keine Post für die Villa Pinkernell.«

»Auch nicht für die Gräfin?« Billie grinste.

»Äh? Wie?« Herr Geiger sah sich um. »Welche Gräfin?«

»Ich weiß Bescheid«, raunte Billie durchs Gitter. »Herr Danziger hat mir alles erzählt, *unter der Rose.*«

»Wirklich? Ach so. Na ja, dann …«

»Er steckt nämlich in der Klemme wegen der Gräfin. Aber ich habe schon einen Plan. Und ich muss Sie ganz dringend was fragen. Kommen Sie mal eben rein?«

»Jetzt habe ich keine Zeit für Privatangelegenheiten, Billie. Ich muss die Post austragen.«

»Es hat aber auch was mit der Post zu tun. Mit dem Musical.«

»Tatsächlich? Nun gut, zwei Minuten gebe ich dir.« Herr Geiger breitete seine Arme aus und fing an zu singen. »Nun öööööffne mir, lass mich nicht waaaaahaarten …«

Billie öffnete das Tor.

»Das singe ich als Kaiser Franz Joseph.« Herr Geiger schob sein Wägelchen bis zu den Briefkästen. »Also?«

»*Halli-Hallo* will die Gräfin besuchen kommen.«

»NEIN!«

»Doch! Und entweder muss sie sterben, was Herrn Danziger aber wirklich Leid tun würde, oder wir müssen für den Besuch eine Gräfin organisieren.«

»Eine Gräfin organisieren?«

»Ja, sag ich doch. Keine echte natürlich. Ich wollte fragen, ob bei Ihnen im Musical nicht eine alte Dame mitspielt, die als Gräfin geeignet wäre. Sie müsste aber den Mund halten können.«

»Du meinst … Hm. Das ist ja eine ganz verrückte Idee. Aber … ja, es könnte klappen. Mit der richtigen Person.« Er rieb sich das Kinn und starrte in den Himmel. Er fing an zu lächeln.

»Ist Ihnen eine eingefallen?«

»Ja.«

Billie kickste und sprang in die Luft. »Ich hab's doch gewusst! Wer ist sie?«

»Also. Sie ist keine Sie. Die einzige von unseren Damen, die altersmäßig in Frage käme, hat so viel Schauspieltalent wie ein Türpfosten, nämlich keins.«

»Oh. Aber wer –«

»Ich!«, rief Herr Geiger. Er klopfte sich mit der Faust auf die Brust. »Ich kann die Gräfin spielen.«

»Aber –«

»Muss sie etwa schön sein?«

»Nein, ich glaube nicht. Nicht unbedingt. Aber –«

»Ich sehe schon. Du zweifelst an mir. Aber bedenke, Billie: Ich spiele den Kaiser von Österreich. Der Schritt von einem Kaiser zu einer Gräfin ist nicht weit. Sie gehören beide zum Hochadel.«

»Ja, aber –«

»Aber sie ist eine Frau?«

»Das wollte ich sagen.«

»Dann lass dir gesagt sein, dass ich schon Charleys Tante war in dem Stück gleichen Namens. Vor zwei Jahren. Ich erntete Begeisterungsstürme. Gib mir eine silbergraue Damenperücke, ein Korsett, ein elegantes Seidenkleid, einen dezenten Lippenstift und nicht zu hochhackige Schuhe und ich lege dir eine Gräfin hin, die sich gewaschen hat.«

»Hm.«

Herr Geiger nahm seine Schultern zurück, hob sein Kinn, streckte seine Hand aus und sagte mit hoheitsvoller Stimme: »Du bist also die kleine Billie? Ich freue mich, deine Bekanntschaft zu machen, mein Kind.«

Billie ergriff die Hand und machte einen tiefen Knicks. Er war gut! Es könnte funktionieren. Und sie müssten keine Fremde in Herrn Danzigers Geheimnis einweihen.

»Okay, Herr Geiger, dann sind Sie die Gräfin!«

»Allerdings bin ich gewöhnt den Text für meine Rolle vorher auswendig zu lernen.«

»Ist schon in Ordnung. Loreley schreibt ein paar vornehme Sätze auf, die Sie sagen können.«

»Gut. Dann werde ich mich heute um das Kostüm kümmern. Lass mich wissen, wann die Generalprobe ist.«

»Generalprobe?«

»Billie, wir müssen vorher unbedingt einmal üben!«

»Ja, ist vielleicht besser. Ich rufe Sie an, wenn ich mit Herrn Danziger gesprochen habe. Ach, Sie haben nicht zufällig Schimmel in Ihrem Badezimmer, Herr Geiger?«

»Nein, nur Silberfische hin und wieder.«

»So 'n Pech. Und was würden Sie machen, wenn Sie ein Glasauge haben wollten? Oder zwei?«

»Ich würde in den Gelben Seiten nachschauen. Unter *Augen, künstliche*.«

»Ah! Gute Idee. Tschüss, Herr Geiger.«

»Adieu, kleine Billie«, flötete Herr Geiger und schob sein Wägelchen zum Tor hinaus.

Na, der brauchte wirklich dringend einen Text! Einen, in dem nichts, aber auch überhaupt nichts von *kleiner Billie* stehen würde.

Billie setzte sich auf die oberste Treppenstufe und zog Notizheft und Bleistift aus ihrer Morgenrocktasche.

Glasaugen: —> Augenoptiker + Gelbe Seiten

Sie blätterte zurück, zum Fall mit der Gräfin.

Gräfin gefunden (falsche!): Herr Geiger
Hund gefunden: Blümchen (mit dem kleinen Alfred)
BUTLER? —> Herrn Danziger fragen + ob er Frack hat oder so was;
GENERALPROBE!!!!!

War doch gut! Ein Auftrag war erledigt. Sie hatte eine Gräfin gefunden. Und im Juwelenfall hatte sie eine Spur, die sie verfolgen konnte. Nur bei der Schimmel-Suche für Mam machte sie keine Fortschritte. Das war ganz schön schade. Der Artikel musste bald fertig sein. Wenn sie nicht bald ein bisschen Schimmel für Mam fand … Billie seufzte.

Aphrodite ✓ Herr Geiger ✓ alle ohne Schimmel
NOCH MEHR Leute fragen!!!!

Zwiebeln für den Butler

Das mit den Gelben Seiten war ein guter Tipp gewesen. Die Spalte *Augen, künstliche* gab es zwar nicht, aber unter *Augenoptiker* standen jede Menge Adressen. Zwei in Rabenstein, fünf in Rabenstädt und acht in Großrabenstädt. Und gleich darauf folgte die interessante Überschrift *Augenprothesen*. Sie würde wetten, dass es irgendwas mit künstlichen Augen zu tun hatte. Denn eine Zahnprothese war ein künstliches Gebiss. Und eine Beinprothese ein künstliches Bein. Billie sah auf die Uhr. Zehn vor acht. Mal sehen, ob bei der *Augenprothesen-Werkstatt Brockmann* in Großrabenstädt schon jemand da war. Sie wählte die Nummer.

»Hallo? Guten Morgen. Hier ist Billie Pinkernell. Ich wollte fragen, machen Sie künstliche Augen? … Ja? Auch? Und kann die jeder kaufen? … Wieso? Nein, das ist kein Scherz. Ich will doch nur wissen, ob – … Aha. Ja, vielen Dank. Wiederhören.«

Augenpro~~te~~thesen (künstliche Augen) gibt's nur auf Rezept vom Arzt;

Ist Dieb Augenarzt?

Arbeitet er in Prothesenfabrik?

Es wäre aber ganz schön auffällig, wenn jemand, der mit künstlichen Augen zu tun hatte, am Tatort künstliche Augen zurücklassen würde. Es wäre sogar dumm. Und der Dieb war raffiniert. Das hatte der Sheriff gesagt. Hm.

Die Tür zum Arbeitszimmer öffnete sich langsam. Sophie erschien mit hoch erhobenem Schwanz. »Mau!«, machte sie und sah Billie an. »Mau!«

»Oh, dein Frühstück, Sophie! Fast hätte ich es vergessen. Und meins auch. Ich komme schon.« Gefolgt von Sophie lief Billie die Treppe zur Küche hinunter. Sie füllte frisches Wasser in Sophies Trinkschale und schüttete Trockenfutter in den Fressnapf. »Guten Appetit. Ich frühstücke heute bei Herrn Danziger.« Billie lief wieder nach oben. Leise öffnete sie die Tür zum Schlafzimmer ihrer Mutter.

»Morgen, Billie.« Ihre Mutter gähnte. »Ich stehe gleich auf.

Aber irgendwie ... UAAAAAAH ... Entschuldigung – irgendwie bin ich heute morgen noch sehr müde.«

»Macht nichts, Mam. Bleib ruhig liegen. Frühstücken werde ich heute bei Herrn Danziger. Ich muss mit ihm was besprechen. Mit dir auch. Aber später. Es geht um eine Gräfin.«

»Um eine Gräfin? ... UAAAHHHHH! ... das ist nett, Billie, mhhhh.« Ihre Mam wühlte sich in die Kissen und Billie schloss leise die Tür.

Nach einer blitzschnellen Dusch- und Anziehaktion klingelte sie bei Herrn Danziger.

»Guten Morgen, Billie. Komm rein. Das Frühstück ist fertig.«

»Der Rettungsplan für die Gräfin auch.« Während sie eine mittelbraun getoastete Scheibe Brot mit Brombeermarmelade bestrich und auf eine zweite Honig träufelte, unterbreitete Billie Herrn Danziger den Plan.

»Donnerlittchen, Billie. Donnerlittchen ... Mit Herrn Geiger, ja? Das ist verrückt. Völlig verrückt.« Herrn Danzigers blaue Augen begannen zu funkeln. »Aber es könnte klappen. Er war sehr überzeugend als Charleys Tante.«

»Ja, das sagte er auch. Außerdem brauchen wir so keiner Fremden von Ihrem Geheimnis zu erzählen. Aber meine Mam müssten wir schon einweihen. Und Loreley und den kleinen Alfred auch. Darf ich es ihnen sagen? *Unter der Rose* natürlich!«

Herr Danziger nickte. »Wenn du sicher bist, dass sie es für sich behalten werden.«

»Bin ich. Tim muss es auch erfahren. Er soll am Tor Wache schieben, wenn *Halli-Hallo* hier ist, und alle abfangen, die zu uns wollen. Haben Sie einen Frack?«

»Ich? Nein, schon lange nicht mehr. Einen alten Smoking besitze ich noch. Aber der ist ziemlich schäbig. Warum?«

»Na, weil Sie doch der Butler sein werden. Es macht gar nichts, wenn der Anzug etwas schäbig ist. Schließlich ist die Gräfin verarmt.«

»Ich bin der Butler?«

»Ja. Irgendjemand muss doch die Tür aufmachen und den Tee servieren.«

»Du liebe Güte.« Herr Danziger machte ein besorgtes Gesicht.

»Haben Sie Knoblauch? Oder wenigstens Zwiebeln?«

»Zwiebeln. Im Gemüsefach. Ich als Butler …« Er schüttelte den Kopf. »Ich weiß nicht.«

Billie öffnete den Kühlschrank und nahm fünf große Zwiebeln heraus. »Damit wünscht man in der Blumensprache *Stärke und Mut*. Denken Sie daran. Immer wenn Sie 'ne Zwiebel sehen: *Stärke und Mut!*« Billie verteilte die Zwiebeln in der Wohnung. Je eine aufs Fensterbrett in der Küche, mitten auf den Wohnzimmertisch, vor den Garderobenspiegel, neben den Wecker auf den Nachttisch und im Badezimmer neben den Zahnputzbecher. »So. Alles klar. Dann können Sie *Halli-Hallo* schreiben, dass sie kommen können. Am besten am Sonntag, oder? Herr Geiger meint, wir müssen vorher unbedingt noch eine Generalprobe abhalten.«

»Und heute ist schon Donnerstag! Du liebe Güte. Dann rufe ich dort lieber an. Am besten sofort, ehe mich der Mut verlässt.«

»Gucken Sie auf die Zwiebel, Herr Danziger!«

Herr Danziger setzte seine Brille auf, suchte den *Halli-Hallo*-Brief und ging zum Telefon. »Hallo, *Halli-Hallo?*« Er räusperte sich. »Guten Morgen, hier spricht der B-B-Butler der Gräfin von Löwentatz zu Bimstein. Ich rufe in der Angelegenheit Ihres angekündigten Besuches an … Sehr wohl. Ich warte.« Er legte eine Hand auf die Sprechmuschel und flüsterte: »Sie holen Herrn Montabaur ans Telefon.«

»Sie machen das gut! Sagen Sie noch mal ›Sehr wohl‹, das klingt sehr butlermäßig.«

»Hallo? Ja, ich weile noch hier. Guten Tag, Herr Montabaur. Die G-Gräfin lässt ausrichten, Ihr Besuch wäre ihr am Sonntag genehm. Um vier. Bis fünf. Zum Tee … Sehr wohl. Auf Wiederhören.« Herr Danziger legte den Hörer auf. »So, das wäre überstanden. Ich war nicht schlecht, finde ich.«

»Sogar sehr gut waren Sie! Dann sag ich allen Bescheid: Generalprobe am Samstag um vier.«

»Sehr wohl«, sagte Herr Danziger.

Verkehrtrum!¡

Loreley saß im Schaukelstuhl auf der Veranda des Gartenhauses und las. Sie klappte ihr Buch zu, als sie Billie kommen hörte, und winkte. »Hi.«

»Hallo, Loreley! Und? Hast du ein paar vornehme Sätze aufgeschrieben?«

Loreley nickte. Sie zog ein zusammengefaltetes Blatt Papier aus ihrer Hosentasche. »Selbstverständlich. Puddingteilchen habe ich auch mitgebracht. Außerdem habe ich dir eine Botschaft geschrieben … nein, nicht geschrieben, aber zusammengestellt. Ich dachte, vielleicht guckst du mit dem Fernglas zu uns rüber und –«

»Ja, habe ich gemacht. War das Porree in dem Korb? Was sollte das bedeuten? Wenn's Zwiebeln gewesen wären –«

»Zwiebeln? *Mut und Stärke?* Weshalb hätte ich dir *Mut und Stärke* wünschen sollen? Abgesehen davon, dass man das immer brauchen kann. So wie Glück. Und auch –«

»Aber wieso Porree?«

»Porree und Korbweide! Porree bedeutet, dass ich gerne tue um was du mich gebeten hast – nämlich mir vornehme Sätze zu überlegen. Und der Korb, der aus Korbweide ist, sagte, dass mir für dich keine Arbeit zu viel ist. Was ein bisschen übertrieben ist. Eigentlich außerordentlich übertrieben. Aber gestern Abend stimmte es. Hier sind die Sätze. Wofür brauchst du sie eigentlich?«

»Danke. Aber du wusstest doch, dass ich keine Ahnung habe, was so ein Bündel Porree bedeutet. Da hättest du dir die ganze Mühe sparen können.«

»Stimmt schon. Aber es passte so gut. Außerdem hatte ich die Blumen, na ja, Pflanzen, gerade da. Zum Beispiel, wenn ich dir mal sagen will: *Sei listig!*, dann brauche ich eine Krähenfußblume. Und wo soll ich die herbekommen?«

»Ich habe keine Ahnung. Schreib einfach *Krähenfußblume* in Riesenbuchstaben auf dein Bettlaken und hänge es aus deinem Fenster. Dann weiß ich Bescheid.«

»Wenn man eine Blume andersrum überreicht, mit dem Kopf nach unten, bedeutet sie das Gegenteil. Musst du dir merken. Was würde es also heißen, wenn die Schrift auf dem Kopf steht?«

»Es würde heißen: *Sei nicht listig!*, und wäre eine ziemlich doofe Mitteilung an eine Detektivin.«

Billie setzte sich auf eine Stufe und faltete das Blatt Papier auseinander.

Seien Sie gegrüßt! – Ich hoffe, Ihre Reise war frei von Unbilden. – Ich bin entzückt über Ihr Kommen. – Ist das Wetter nicht überaus angenehm? – Geruhen Sie bitte Platz zu nehmen. – Erlauben Sie mir, Ihnen ein Tässchen Tee einzugießen. – Ihre Krawatte ist ungewöhnlich charmant. – Verlangt es Sie nach einem Stück Kuchen? Oder: Darf ich Ihnen ein Stück Kuchen offerieren? – Wie geht es Ihrer werten Familie? – Danke, meine Familie erfreut sich der allerbesten Gesundheit. – Ihr Besuch war mir ein Genuss. – Beehren Sie mich bald wieder.

»Hört sich gut an«, sagte Billie. »Meinst du, wir müssen unbedingt Kuchen anbieten?«

»Aber wem denn? Und wann? Und warum?«

»Dem Herrn Montabaur von *Halli-Hallo.* Am Sonntag. Weil er die Gräfin besuchen kommt. Was sind denn Unbilden?«

»Gräfin? Von welcher Gräfin redest du denn immer?«

»Reg dich nicht auf. Ich wollte dich ja sowieso einweihen. Es ist ein ganz großes Geheimnis. Deshalb erzähle ich es dir *unter der Rose,* wie man sagt. Das heißt, du darfst es anderen Leuten nicht erzählen. Nie. Du –«

»Ich versteh schon. Ich muss es absolut vertraulich behandeln. So wie ein Arzt oder eine Ärztin.«

»Genau. Oder wie jemand in einem Geheimbund.«

»Okay. Du hast mein Versprechen. Jetzt erzähl schon!«

Billie setzte sich auf die Armlehne des Schaukelstuhls und flüsterte Loreley ins Ohr.

Loreley lauschte. Ihre Augen wurden größer. »Was? … Wirklich? … Hätte ich nie gedacht … Oh nein! … Und jetzt? … ts …

Herr Geiger? … Aha … hihi … Und dann? … Mh … Der Butler? … Gute Idee … Okay! Samstag um vier und Sonntag um vier. Dann kann ich das schöne Kleid noch mal anziehen. Und ich bin die Großnichte einer Gräfin! Toll! Ist der kleine Alfred mein Cousin oder mein Bruder?«

»Ist mir piepegal. Das kannst du dir aussuchen.«

»Er ist mein Cousin. Kann er aus England sein? Der kleine Lord Alfred!«

»Nee, lieber nicht. Hinterher will Herr Montabaur noch Englisch mit ihm sprechen. Graf Alfred reicht.«

»Ich bin die Komtess Loreley! Und du die Komtess Billie.«

Billie prustete los. »Ich 'ne Komtess? Nee, ganz bestimmt nicht. Ich werde niemand sein. Mich kriegt der *Halli-Hallo*-Mann gar nicht zu Gesicht. Ich lausche an der Tür um zu hören, ob alles klappt. Oder verstecke ich mich hinter dem Sofa? Nein, ich weiß: Wir lassen ein Fenster auf und ich stehe draußen auf der Leiter und lausche.«

»Wie eine Regisseurin beim Theater. Oder beim Film.«

»Ja, genau. Gehst du jetzt runter zur Bücherburg? Dann komme ich mit und du kannst mir zeigen, wo die beiden Augenoptiker-Läden sind.«

»Brauchst du eine Brille?«

»Ach, das weißt du ja noch gar nicht! Ich suche das Smaragdherz! Aphrodite Kondylas hat mir den Auftrag gegeben. Weil wenn die Leute Angst haben, dass die Geschenke verschwinden, bestellen sie keine hohlen Torten mehr.«

»Und das wäre schlecht fürs Geschäft.«

»Genau! Bei den Augenoptikern will ich rausfinden, ob man da Glasaugen kaufen kann. Irgendwo muss der Dieb sie ja herhaben. In die Bücherburg muss ich auch. Um zu gucken, ob mein Schimmel-Suchzettel noch gut zu sehen ist.

Es meldet sich einfach niemand! Wenn eine Privatdetektivin einen Auftrag von ihrer eigenen Mutter nicht erledigen kann, ist das ziemlich blöd, das kannst du mir glauben.«

»Ja. Und eigentlich hört es sich nach einem ganz leichten Fall an.«

»Das habe ich auch gedacht.« Billie seufzte. »Aber jetzt denke ich, es ist der schwierigste Auftrag von allen. Wenn's nicht so eilig wäre, könnte ich noch eine Zeitungsanzeige aufgeben. Aber so ... Mam muss den *Schimmelschock*-Artikel am Montag fertig haben. Wenn sie den *Schimmelschock* mal in Aktion sehen würde, könnte sie viel besser drüber schreiben, ist doch klar. Und es ist wichtig, dass ihre Artikel gut sind. Sonst wird sie nicht gut bezahlt. Oder die suchen sich jemand anderen für ihre Artikel.«

Loreley saß mit geschlossenen Augen da. War sie eingeschlafen?

»Hah!«, rief Loreley und riss die Augen auf. »Jetzt weiß ich's wieder! Goldrute! Andersrum!«

»Was ist los? Hast du 'nen Stich?«

»Habt ihr Goldrute?«

»Was? Wo?«

»Na, hier im Garten natürlich. Es ist ein Strauch. Er bedeutet *Verzagen.* Und wenn ich dir umgekehrt einen –«

»Oh. Ich soll *nicht verzagen,* ja? Okay, ich werde mich bemühen. Deshalb brauchst du keinen ganzen Busch auszugraben.«

»Blödsinn. Ein kleiner Zweig hätte –«

»Ja, schon klar. Gehen wir?«

»Och, ich glaube, ich bleibe hier. Dies ist auch ein gemütliches Leseplätzchen.« Loreley stieß sich mit einem Fuß ab und setzte den Schaukelstuhl in Bewegung. Durch die Blätter von

Tims Baum fiel das schattig gefleckte Sonnenlicht auf die Veranda. Die Kletterrose, die bis aufs Dach rankte, würzte die warme Luft mit dem Zimtduft ihrer himbeerrosa Blüten. Eine dicke Hummel summte an Billie vorbei.

»Weißt du was?«, sagte Billie. »Ich mache jetzt erst mal Pause. Die Optiker schließen bestimmt über Mittag. Ich mach mich heute Nachmittag auf die Socken.«

»Gute Idee. Willst du den Schaukelstuhl haben?«

»Nee, bleib ruhig sitzen. Ich werde mal die Hängematte ausprobieren. Ich habe sie neulich auf dem Dachboden gefunden. Sie hatte ein Loch, aber das habe ich repariert.« Billie zerrte einen Riesenknubbel aus schmuddeligem Segeltuch aus dem Detektivbüro. Ein Ende befestigte sie mit fünf Knoten an einem Verandapfosten. Das andere hängte sie über einen kräftigen kurzen Ast von Tims Baum. Der tiefste Punkt der Hängematte schwebte etwa anderthalb Meter über dem Boden. Billie legte sich bäuchlings quer über die Hängematte. Sie hielt! Billie ließ sich hineinrollen. Schön war das! Vielleicht würde sie hier mal übernachten. »Loreley? Würdest du mir bitte ein Kissen aus dem Büro bringen? Ich komme hier so schlecht wieder raus. Und ein Buch aus dem Regal? Und einen Apfel aus dem Korb, wenn du schon dabei bist?«

»Okay!« Der Schaukelstuhl knarrte und ächzte, als Loreley aufstand. »Welches Buch willst du?«

»Den Krimi mit der Wanze. Er steht links im Regal. *Heiße Spur in Dixies Bar** heißt er.« Loreley warf Billie das Kissen auf den Bauch, gab ihr das Buch und ließ ein paar Äpfel in die Hängematte rollen. »Danke.« Billie stopfte sich das Kissen

* Billie liest »Heiße Spur in Dixies Bar. Ein neuer Fall für die Wanze« von Paul Shipton.

hinter den Kopf, biss in einen gelben Apfel und schlug das Buch auf. Privatdetektiv Wanze Muldoon war Klasse. Von ihm konnte sie bestimmt noch was lernen.

Verpfiffen!

Es war fast fünf, als Billie den ersten Optiker aufsuchte. Erst war ihr Buch so spannend gewesen, dass sie weiter und weiter gelesen hatte. Dann war Tim mit einer Säge aufgetaucht. Sie hatten beraten, an welchen Stellen er Stücke aus dem großen Brett sägen müsste, damit es gut auf den Ästen aufliegen würde. Gar nicht so einfach. Tim war immer wieder auf den Baum geklettert, um nachzumessen, und hatte Pläne gezeichnet. Beim Puddingteilchen-Essen hatten sie Tim in das Geheimnis mit der Gräfin eingeweiht. Er hatte gegrinst und versprochen mitzumachen. Das war zum Glück, bevor Billie versucht hatte, das siebte und letzte Puddingteilchen in drei Teile zu zerlegen. Mit Tims Säge. Der meiste Pudding war am Sägeblatt kleben geblieben.

Tim hatte sich mit der Hand vor die Stirn geschlagen. Loreley hatte den Kopf geschüttelt. Und Billie hatte sich mit der Säge in die Küche verzogen und sie dort abgewaschen. Anschließend hatte sie die Säge noch geföhnt, damit sie nicht rostete. Ja, und danach hatte sie sich sehr beeilen müssen.

Der erste Optiker schaute sie an, als sei sie Max und Moritz in einer Person, und sagte: »Amtlichen Stellen gebe ich gerne

Auskunft, das ist meine Bürgerpflicht. Aber mit irgendwelchen Schülerscherzen will ich nichts zu tun haben.«

Amtliche Stellen? Aha! Bestimmt war der Sheriff schon bei ihm gewesen. »Aber es ist kein Scherz. Ich bin Privatdetektivin und will nur –«

»Auf Wiedersehen!« Der Mann hielt die Ladentür auf und bedeutete Billie mit einer Kopfbewegung, zu verschwinden.

Optiker Wessel (unfreundlich!) verweigerte die Aussage
aber: Sheriff war schon bei ihm (vermute ich stark!)

Der zweite Optiker, Herr Vogt, war freundlicher. Er hörte Billie in Ruhe an und nickte. »Glasaugen, ja? Ich verstehe. Ja. Hm. Wenn du mich bitte einen Moment entschuldigen würdest? Ich muss nur kurz telefonieren.«

»Okay.« Während Herr Vogt telefonierte, guckte Billie sich einen Drehständer mit Sonnenbrillen an. Herr Vogt sah zu ihr herüber und nickte. Billie lächelte ihm zu. Sie konnte nicht hören, was er in die Muschel sprach. Hoffentlich beeilte er sich ein bisschen. Herr Vogt winkte ihr. »Kommst du mal bitte? Hier möchte dich jemand sprechen.«

»Mich? Wieso? Wer denn?«

Herr Vogt reichte ihr den Hörer. »Der Sheriff«, sagte er mit einem bedauernden Lächeln.

Er hatte sie verpfiffen! So was Gemeines.

»Hallo?«, sagte Billie ins Telefon.

»Also wirklich, Billie! Du erkundigst dich nach Glasaugen? Habe ich dir nicht laut und deutlich gesagt, dass du dich aus dem Fall raushalten sollst?«

»Ja, schon. Ich hab's aber nicht versprochen. Außerdem hat Aphrodi-«

»Billie! Hör mir zu! Ich erzähle dir jetzt etwas Dienstliches. Ausnahmsweise! Ich erwarte aber, dass du darüber absolutes Stillschweigen bewahrst. Versprichst du mir das?«

Billie nickte. »Ehrenwort, Sheriff. Ich sage nichts zu niemandem.«

»Nun gut. Hör zu: Wir haben eine Spur. Der Polizeicomputer hat einen Verdächtigen ausgespuckt, auf den das Täterprofil haargenau passt. Den versuchen wir nun zu finden. Damit ist der Fall wahrscheinlich so gut wie gelöst.«

»Och ...«

»Ja! Das heißt, du kannst diese Angelegenheit vergessen, Billie! Okay? Kümmere dich um deine anderen Fälle.«

»Ist nur noch einer.«

»Umso besser.« Der Sheriff schien seine gute Laune wiedergefunden zu haben. »Worum geht's denn?«

»Um Schimmel«, murmelte Billie.

»Um einen Schimmel? Vermisst jemand einen Schimmel? Davon weiß ich ja gar nichts.«

»Nein, ich soll schimmeligen Schimmel finden. Am liebsten in einem Badezimmer.«

»Ah? Ich verstehe.« Billie hörte an seiner Stimme, dass er ein Lachen unterdrückte. »Na, da wirst du sicher bald fündig werden.«

»Mh.« Hatte der 'ne Ahnung! »Ist gar nicht so einfach, wie Sie viellei-«

»Na, du machst das schon, Billie. Viel Glück!« Der Sheriff hatte aufgelegt.

»Tut mir Leid«, sagte Herr Vogt. »Aber der Sheriff hatte heute Morgen angerufen und gefragt, ob sich jemand nach Glasaugen erkundigt habe.«

»Und, hat jemand?«

»Nein. Aber als du jetzt kamst, dachte ich, ich sollte ihm besser Bescheid sagen. Ich habe dich hoffentlich nicht in Schwierigkeiten gebracht?«

»Nicht so schlimm. Ist schon gut.«

»Ich habe mich natürlich gefragt, warum der Sheriff danach gefragt hat. Warum hast du dich nach den Augen erkundigt? Hängt es vielleicht irgendwie mit dem Raubüberfall auf die Hochzeitsgesellschaft zusammen? Gestern in Rabennest? In der Zeitung stehen keine Einzelheiten. Angeblich um die Polizei bei den Ermittlungen des besonders merkwürdigen Verbrechens nicht zu behindern. Aber ich habe gehört, allen ist der Schmuck gestohlen worden. Und es ist Blut geflossen.«

»Vielleicht war's ja nur Tomatensaft. Sie haben nicht zufällig ein schimmeliges Badezimmer, oder?«

Herr Vogt schüttelte den Kopf.

»Schade. Wiedersehen.«

Optiker Vogt (ganz nett, OBWOHL er mich verpfiffen hat: an den Sheriff)

Ergebnis: Niemand hat nach Glasaugen gefragt (nur ich).

Polizei ~~hat~~ sucht einen ganz Verdächtigen (das ist noch geheim!!);

Haben ihn im Computer gefunden!

Wer mochte es sein? Jemand aus Rabenstein? Billie sah auf ihre Armbanduhr. Wenn sie sich beeilte, würde sie Frau Hildebrandt vielleicht noch bei ihrem Waldlauf erwischen. Bestimmt wusste die Frau des Sheriffs Näheres über diesen Verdächtigen aus dem Computer. Billie fing an zu rennen.

Der Witzbold?

Sie hatte Glück. Keine zehn Minuten wartete sie auf einem gefällten Baum am Wegesrand und grübelte über Schimmel und Smaragde, als Frau Hildebrandt und Fernando angelaufen kamen. Fernando bellte freudig, als er Billie entdeckte, und rannte auf sie zu. Sein Frauchen war ziemlich außer Atem und ließ sich neben Billie auf den Stamm sinken. »Na, Billie, wie geht's? Genießt du die Waldesruh oder bist du einem Verbrecher auf der Spur?«

»Och …«, sagte Billie und kraulte Fernando den Rücken. »Ich habe ein bisschen nachgedacht … Und vorhin habe ich mit Ihrem Mann telefoniert. Er sagt, ich brauche mich nicht mehr um den Fall zu kümmern. Weil sie im Polizeicomputer jemanden gefunden haben.«

»Ach, das hat er dir erzählt? Ja, ist es nicht fabelhaft? Da gibt man einfach ein paar Stichworte ein und schon sagt die Maschine einem, wer's gewesen sein könnte. Dieser Dieb hat ja einen ganz seltsamen Sinn für Humor. Wenn man es noch Humor nennen kann. Augen in der Hochzeitstorte … tststs. Reicht es nicht, Leute zu bestehlen? Muss er sich immer noch über sie lustig machen? Aber genau das wurde ihm jetzt zum Verhängnis. Geschieht ihm recht.«

»Ich wusste gar nicht, dass der Dieb das mit den Augen schon mal gemacht hat.«

»Nein, das nicht. Aber er hat den Leuten, denen er Juwelen gestohlen hat, schon oft einen Streich gespielt. Einen Juwelier hat er nach dem Überfall mit Paketband gefesselt und ins Schaufenster gesetzt. Mit einem Kinderkrönchen auf dem Kopf. Und ein Ehepaar hat er auf zwei Küchenstühle gebunden und so in den Vorgarten gestellt. Er hat ihnen rote Nasen und Schnurrbärte geschminkt. Und ihren Safe ausgeraubt.«

»Ganz schön gemein. Öh … wissen Sie, wie er heißt?«

»Nein, keine Ahnung. Sie nennen ihn nur den *Witzbold*.«

Ein Juwelendieb mit einem Spitznamen! Du dicke Socke, das war schon was Besonderes! Frau Hildebrandt stand auf und begann mit einigen Streckübungen.

»Ich hab heute versucht«, sagte Billie, »etwas über die Glasaugen rauszufinden. Wenn man wüsste, wo er die Augen gekauft hat …«

»Eine gute Idee, Billie. Mein Mann hat sich heute Morgen auch gleich bei allen Optikern in der Gegend erkundigt. Und in einer Fabrik für Augenprothesen in Großrabenstädt. Ich konnte ihm nämlich sofort sagen, dass das keine Puppenaugen sind. Im letzten Jahr war ich in einem Puppenkurs bei Frau Gosewitz, die den Puppenladen hat. Daher kenne ich mich ganz gut aus mit allen Zutaten.«

Puppenaugen! Ein Paar braune Puppenaugen als Erinnerung an den Fall! Das wär doch was! Die würden gut in ihr Büro passen. Sie könnte sie in einen kleinen Bilderrahmen kleben und über ihren Schreibtisch hängen. Zwischen den Erpresserbrief und Urgroßtante Malwines Gartenhut. »Sind solche Puppenaugen teuer, Frau Hildebrandt?«

»Nein, die sind schon erschwinglich. Es kommt natürlich auf die Größe an und auf die Qualität. Und ob du sie aus Porzellan möchtest oder aus Glas.«

»Ach, das ist egal. Hauptsache, sie sehen gut aus.« Besonders, wenn sie an der Wand hängen. Und Loreley könnte in Schönschrift etwas dazuschreiben:

Der Glasaugen-Fall

⊙ ⊙

Hohle Hochzeitstorte! Smaragdherz! Der Witzbold!

»Grüße Frau Gosewitz von mir, wenn du hingehst. Komm, Fernando, laufen wir heim. Tschüss, Billie.«

»Tschüss, Frau Hildebrandt. Tschüss, Fernando.«

Dieb ist der WITZBOLD!! = Bekannter Dieb!
Klaut Juwelen. Spielt Streiche.
richtiger Name: Hab ich noch nicht rausgefunden.
—> Augen kaufen + im Büro an die Wand hängen
(kleinen Rahmen suchen)

Oh, höchste Zeit fürs Abendessen. Aber gleich morgen Früh würde sie auf dem Dachboden nach einem passenden Rahmen für die Augen suchen. Oder nein, zuerst würde sie zum Puppenladen gehen und braune Augen kaufen.

Und jetzt musste sie Mam von dem Plan für Sonntag erzählen. Die würde staunen.

»Ihr wollt *was* machen?« Billies Mutter ließ die von Spaghetti umwickelte Gabel auf den Teller sinken. »Der Briefträger als Gräfin? Herr Danziger ein Butler? Das ist ja wohl total verrückt.«

»O Mam! Nicht wirklich. Eigentlich ist es eine supergute Idee. Und Herr Geiger hat schon mal die Tante von Charley gespielt. In einem Stück. Alle sagen, er war sehr, sehr gut. Bestimmt ist er auch eine prima Gräfin. Du wirst es doch nicht verbieten, oder?«

»Na, ich weiß nicht … Nein, wenn Herr Danziger es unbedingt will, soll er es durchziehen. Doch ich will damit nichts zu tun haben.«

»Hast du auch nicht, Mam. Überhaupt nichts. Du darfst nur nicht auftauchen, wenn der *Halli-Hallo*-Mann hier ist. Sonst wundert er sich. Außer, wir sagen, du bist die Tochter vom Butler. Oder vielleicht das Zimmermädchen?«

»Nein, Billie. Ganz bestimmt nicht. Lass mich da raus.«

Billie schlürfte eine von der Spinatsauce grün gesprenkelte Spaghetti-Nudel in den Mund.

»Du kannst dir die Generalprobe übermorgen angucken, Mam. Die wird bestimmt gut. Nur schade, dass ich keine Dogge kriegen konnte.«

Der Augenkauf

Als Frau Gosewitz um zehn endlich ihren Puppenladen aufschloss, hatte Billie schon eine halbe Stunde lang alles studiert, was im Schaufenster zu sehen war. Große und kleine Puppen, braune, weiße und blaue Teddys, Puppenkleider, Puppenmöbel, Puppenschuhe, -schlitten und -schultaschen. Aber sie hatte kein einziges loses Auge entdeckt.

»Na, womit kann ich dienen, mein Fräulein?« Frau Gosewitz stellte sich hinter die gläserne Theke, in der übereinander flache Schubladen angebracht waren. Drei waren voller Augen! Du dicke Socke.

»Ich hätte gerne ein Paar Augen. Braune.« Billie beugte sich über die Theke. Tolle Augen gab es da. Aber Frau Hildebrandt hatte Recht: Keine sahen so aus wie die Augen aus der Torte.

»Welche Größe brauchst du?«

»Och, ist egal. Wie teuer sind die da?« Billie deutete auf ein Paar große kastanienbraune.

Frau Gosewitz nahm sie heraus und legte sie auf eine Samtunterlage auf der Theke. »Du hast einen guten Blick. Das ist unsere beste Qualität.«

Beste Qualität? »Zu teuer«, sagte Billie. »Außerdem, sie sind ja rund wie Murmeln.« Wie sollte sie die auf den Rahmen kleben? »Ich brauche welche, die mehr flach sind.« So wie die aus der Torte. »Und eigentlich können sie ruhig kleiner sein. Beste Qualität ist auch nicht nötig.«

»Aha. Ja. Schau mal! Da ganz vorne, in der zweiten Lade, wäre das etwas?« Frau Gosewitz beugte sich weit über die Theke und deutete auf eine Reihe kleiner Augen. Die obersten Knöpfe ihrer Bluse waren nicht geschlossen. Eine silberne Kette fiel nach vorn aus dem Ausschnitt. Fast hätte der Anhänger Billies Nase getroffen. Billie trat einen Schritt zurück. »Und was kosten die klei-« Billie sah zurück auf die Kette. An der ein kleines Herz hing. Ein Herz aus grünen Glitzersteinen! »Oh!«

»Ist was?«

»Öhm … das ist 'ne schöne Kette! Sind das vielleicht Smaragde?«

»Ja, es sind Smaragde. Ich sehe, du kennst dich aus. Hübsch, nicht? Habe ich gestern zum Geburtstag bekommen.«

»Wa-wa-was? Wi-wirklich? In der hohlen Torte?«

»Genau! Woher weißt du denn von meiner hohlen Geburtstagstorte?«

In Billies Kopf schossen die Gedanken hin und her wie winzige, flitzende Fische in einem Aquarium. Augen – Puppen – Frau Gosewitz – Herzanhänger – Mongolei – Konditorei – zwei weiße Schmuckschachteln – eine Torte ohne Herz – eine Torte mit Herz.

»Was hast du denn? Ist dir nicht gut?«

»Do-do-doch.« Billie ließ sich auf den Hocker sinken, der neben der Theke stand, und starrte Frau Gosewitz an. »Es ist nur … es könnte sein …« Könnte es sein? Billie nickte. Es könnte. »Die Torte war doch ein Geschenk von Ihrem Mann, nicht?«

Frau Gosewitz verschränkte die Arme vor ihrer Brust. »Ja, das war sie. Ich weiß zwar nicht, woher du das weißt – oder was es dich angeht. Bist du nicht ein bisschen sehr neugierig?«

»Ja. Muss ich aber sein. Ich bin nämlich Privatdetektivin. Ich bin Billie Pinkernell.«

»Aha. Na schön. Aber dieser Laden ist kein Spielplatz, Billie, und –«

»Frau Hildebrandt hat gesagt, ich soll Sie grüßen.«

»Ach, du kennst Frau Hildebrandt?«

»Ja. Und den Sheriff kenne ich auch. Er hat gesagt, Ihr Mann ist bei den Mongolen und wandert da. Und deshalb konnte er Sie an Ihrem Geburtstag nicht anrufen.«

»Ja, das Handy funktioniert dort nicht. Und Telefonzellen stehen da auch nicht an jeder Ecke rum. Ich konnte mich noch gar nicht bei ihm für diese Überraschung bedanken. So eine süße Idee von ihm.« Frau Gosewitz lächelte.

»Aber Sie haben sich doch eine Kette gewünscht, sagt der Sheriff. Wieso war es dann eine Überraschung?«

»Na ja, ich habe mal erwähnt, dass ich mich über etwas Hübsches für den Hals freuen würde … Aber dass er sich das gemerkt hat! Und dann solch ein teures Schmuckstück! Eigentlich dachte ich, er hätte mir etwas anderes gekauft … Na ja. So, soll ich dir jetzt ein Paar kleine Augen einpacken?«

Billie stand auf und legte beide Hände auf die Theke. »Haben Sie … haben Sie sich vielleicht *Augen* gewünscht?«

»Du liebe Güte, Billie! Langsam wirst du mir unheimlich. Woher weißt du das?«

»Nicht umsonst bin ich eine Privatdetektivin.« Du dicke Socke! Sie war auf der richtigen Spur!

»Ja«, sagte Frau Gosewitz, »da gab es ein Augenpaar, das ich sehr gerne gehabt hätte. Es waren antike Augen, fast zweihundert Jahre alt. Ich habe sie vor ein paar Wochen bei einem Antiquitätenhändler in Großrabenstädt entdeckt. Keine Puppenaugen, verstehst du, sondern Prothesen, Glasaugen für Menschen, die ihre Augen verloren haben.«

»Was wollten Sie denn damit?«

»Ach, ich wollte sie schon für eine Puppe, aber für eine Künstlerpuppe, die ich gerade mache. Das sind große Puppen, die aussehen wie echte Kinder und oft auch fast so groß sind. Sie sind natürlich nicht zum Spielen.«

»Nicht?«

»Nein. Dazu sind sie viel zu kostbar. Und diese antiken Glasaugen hätten so wunderbar zu dem Mädchen gepasst, das ich gerade mache. Vermutlich stammen sie noch aus einer Werkstatt in Lauscha, wo im frühen neunzehnten Jahrhundert die ersten künstlichen Menschenaugen aus Glas hergestellt wurden. Sie waren von außerordentlicher Qualität, so lebensecht. Nicht kreisrund, sondern leicht oval. Und auf der Rückseite hohl. Die Iris strahlte –«

Das waren sie. Lebensecht, braun, oval und hinten hohl.

»Sie waren nicht billig«, fuhr Frau Gosewitz fort. »Ich sagte dem Händler, ich würde es mir bis zum nächsten Tag überlegen. Abends erzählte ich meinem Mann davon. Und am nächsten Tag, als ich beim Händler anrief, waren sie schon verkauft. Ich war sehr enttäuscht. Aber mein Mann schaute so merkwürdig und da dachte ich, er habe sie gekauft. Als Überraschung für meinen Geburtstag …«

»Hat er auch.«

»Wie bitte?«

»Ja. Bestimmt. Darf ich mal Ihr Telefon benutzen? Ich muss den Sheriff anrufen.«

Frau Gosewitz schob Billie das Telefon über die Theke.

»Polizeirevier Rabenstein, Hildebrandt, guten Tag.«

»Hallo, Herr Hildebrandt, hier ist Billie. Wissen Sie was? Der Anhänger, der nicht in der Torte war –«

Der Sheriff schnaufte wie ein Nilpferd. »Billie! Hab ich dir nicht gesagt, du sollst dich da raushalten?«

»Ja, schon. Habe ich auch. Aber ich habe ihn trotzdem gefunden.«

»Du hast ihn gefu- … Was? WO?«

»Hier im Puppenladen. Am Hals von Frau Gosewitz. Er baumelte einfach vor meiner Nase rum.«

Der Sheriff knurrte wie ein Tiger. »Frau Goooooosewitz? Frau Gosewitz, bei der die andere hohle Torte war? Willst du sagen, der Schmuck wurde gar nicht gestohlen? Sondern die beiden Schachteln wurden nur vertauscht?«

»Ja, ich glaube, so war's. Weil sie sich nämlich alte Augen gewünscht hat. Braune, leicht ovale, die hinten hohl sind. Genau wie die aus der Hochzeitstorte.«

»Rühr dich nicht von der Stelle. Ich bin gleich da.«

Zehn Minuten später stürmte der Sheriff in den Puppenladen. Den Juwelier, bei dem Hannes den Anhänger gekauft hatte, brachte er gleich mit. Mit einer Lupe untersuchte der das Smaragdherz am Hals von Frau Gosewitz.

»Kein Zweifel«, sagte er. »Das ist das Smaragdherz, das Herr Mjhr- hm … bei mir erworben hat.«

»Du dicke Socke«, sagte Billie. »Ich habe den Fall gelöst.« Jetzt fehlte nur noch ein schimmeliges Badezimmer. »Frau Gosewitz, haben Sie vielleicht Schimmel in Ihrem Ba-«

»Ruhe!«, sagte der Sheriff. »Frau Gosewitz, warum haben Sie denn nicht gesagt, dass Sie das falsche Geschenk erhalten haben? Dann hätten wir uns die Jagd nach dem Juwelendieb sparen können.«

»Aber ich wusste doch nicht, dass es das falsche Geschenk war! Zwar war ich erstaunt, dass mein Mann mir etwas so Teures schenkt. Aber da ruft man doch nicht nach der Polizei. Da freut man sich.«

»Das will ich meinen«, sagte der Juwelier. »Bei den Smaragden handelt es sich um –«

»Darf ich jetzt bitte meine Augen haben!«, sagte Frau Gosewitz.

»Natürlich.« Der Sheriff zog eine weiße Schmuckschachtel aus seiner Uniformtasche. Er nahm den Deckel ab. »Können Sie diese Augen identifizieren?«

»Ja! Das sind sie! Meine Augen! Wundervoll! Geben Sie her!«

»Ja, und dann haben sie die Augen gegen das Herz getauscht und der Fall war gelöst.«

Es war Nachmittag und Billie saß mit Loreley und Tim auf den Stufen des Gartenhauses. Tim pfiff durch die Zähne.

»Das ist unglaublich unglaublich, Billie«, sagte Loreley.

»Als Belohnung hat Frau Gosewitz mir zwei braune Puppenaugen geschenkt, aus Porzellan.«

Billie langte in ihre Hosentasche. »Seht ihr? Beste Qualität! Ja, und danach ist der Sheriff mit mir zur Konditorei Kondylas gefahren. Im Polizeiauto! Dort waren sie riesig froh, dass alles nur ein Irrtum war und kein Diebstahl. Besonders Dietrich.«

»Kann ich mir vorstellen«, sagte Tim.

»Und das Beste ist: Als Belohnung schenken sie mir eine Torte! Dietrich macht sie. Eine Torte von einem früheren Einbrecher! Extra für mich! Ich habe gesagt, dass ich sie gerne für Sonntag hätte. So haben wir eine Torte für den Besuch der Gräfin. Gut, nicht?«

»Ja«, sagte Loreley. »Aber ich finde, du müsstest auch noch eine Belohnung dafür bekommen, dass Ninas Anhänger wieder da ist. Der ist wertvoller als die alten Augen. Oh, ich habe eine Idee. Ich rufe mal eben zu Hause an und frage Tante Roswitha.« Loreley stand auf und lief zum Haus.

»Guck mal, Billie, ich habe Seile mitgebracht«, sagte Tim. »Mit einer Seite der Plattform bin ich fertig. Ich glaube, zu dritt können wir sie nach oben auf den Baum ziehen.«

Billie sah sich das Teil an. An den Rändern hatte Tim eine große und drei kleinere Rundungen herausgesägt.

»Hier liegt es am Stamm an«, sagte Tim und deutete auf die große Rundung. »Die anderen sind für die drei Äste, auf denen die Plattform auf der einen Seite vom Stamm liegen wird. Untendrunter habe ich diese Kanthölzer festgeschraubt, rechts und links von jedem Ast. So kann die Plattform nicht hin und her rutschen.«

Billie hob das Holz an. »Ganz schön schwer. Meinst du, wir schaffen das?«

»Mit einem Flaschenzug wird's gehen. Loreley hat gefragt, ich darf mir einen aus der Autowerkstatt ausleihen.«

Loreley kam angetrabt. »Schade, aber mit der Belohnung wird es nichts, Billie. Tante Roswitha meinte, die Sache hätte sich nach der Rückkehr von Herrn Gosewitz von ganz alleine aufgeklärt.«

»Da hat sie Recht«, sagte Billie.

»Ja, aber erst in drei Wochen! Ich muss noch rausfinden, in welchem Hotel Hannes und Nina auf Rügen wohnen. Dann ruf ich die an und frage.«

»Och, lass man –«

»Sie könnten dein Fahrrad reparieren lassen, habe ich gedacht. Wäre das nichts?«

»Du dicke Socke! Das wär was ...« Bei ihrer Verfolgungsjagd nach einem entflogenen grünen Papagei war Billies Fahrrad ziemlich demoliert worden. Das war noch in Berlin gewesen. Da die Reparatur recht teuer war, stand es nun nutzlos im Schuppen rum. »Das wäre Klasse, Loreley. Dann könnte ich mal so richtig die Umgebung erforschen. Am Fluss langfahren und rüber nach Rabennest und überall hin.«

»Und wann können wir den Flaschenzug haben?«, fragte Tim. »Morgen Früh?«

»Nein, morgen Früh muss ich erst mal in die Bücherburg. Vielleicht kann mich mein Papa oder einer von den Mechanikern zur Generalprobe mit dem Auto bringen. Dann packe ich den Flaschenzug mit rein.«

»Genau«, sagte Billie. »Die Generalprobe! Vergesst sie nur nicht. Morgen. Punkt vier.«

Die Generalprobe

Tim kam als Erster. Zusammen mit Billie montierte er neue Namensschilder auf den Briefkasten und neben die Türklingel. Statt *Pinkernell* stand da nun *Die Gräfin*. Für *Gräfin von Löwentatz zu Bimstein* war einfach kein Platz. »Aber denk dran: Niemand außer den Leuten von *Halli-Hallo* darf diese Schilder sehen«, sagte Billie. »Sonst fliegt alles auf.«

»Ich weiß schon. Ich verstecke mich hier am Tor. Und wenn jemand anderes kommen sollte, lenke ich sie ab und halte sie auf.«

Billie nickte.

Der kleine Alfred und Blümchen traten um zehn vor vier durchs Tor. Alfred im hellblauen Hochzeitsanzug, Blümchen mit einer silbernen Schleife am Halsband.

Billie brachte sie ins Wohnzimmer. »Sehr schön seht ihr aus. Richtig vornehm. Du sitzt auf dieser Fußbank, Alfred. Du sagst gar nichts. Aber merk dir: Du bist *Graf* Alfred.«

Alfred nickte und setzte sich. Blümchen legte sich vor seine Füße.

Loreley war die Nächste. Sie sprang im Blumenmädchenkleid aus dem Abschleppwagen der Familie Ley. »Ich geh schon rein«, rief sie.

Rolf, der Mechaniker, hob den Flaschenzug von der Ladefläche.

»Super!«, sagte Tim und zeigte ihm den Weg zum Gartenhaus.

Ein schneeweißer Ford fuhr vor. Eine ältere Dame mit einer grauen Hochfrisur stieg aus. Sie trug ein mit winzigen

Blumen bedrucktes Kleid und schwankte auf hohen Absätzen auf Billie zu. »Da bin ich«, sagte sie mit Herrn Geigers Stimme.

»Herr Geiger!« Billie musterte ihn von oben bis unten. Eine Glitzerbrosche im grauen Haar. Goldrandbrille. Blauer Lidschatten. Viel rosa Puder im Gesicht. Roter Lippenstift. Ein blaues Seidentuch im Halsausschnitt. Ein großer Busen. Schwarze Spitzenhandschuhe. Goldene Armreifen. »Das ist ganz große Klasse, Herr Gei-, äh Frau Gräfin.«

»Sag einfach Gräfin zu mir, liebes Kind«, flötete Herr Geiger. »Und wo geruhen wir die Generalprobe abzuhalten?«

»Kommen Sie mit. Ich meine – haben Sie die Güte, mir zu folgen, Gräfin.« Billie führte die Gräfin ins Wohnzimmer. »Das ist Komtess Loreley, Ihre Urgroßnichte. Und dies Graf Alfred, Ihr Urgroßneffe, mit Blümchen. Keine Angst, sie beißt keine Briefträger.«

»Wie ungemein erfreulich und beruhigend.« Die Gräfin ließ sich im Sessel nieder.

»Jetzt fehlt nur noch Herr Danziger, der Butler. Ich spiele heute den Mann von *Halli-Hallo*. Herr Danziger macht mir die Tür auf, meldet mich an und serviert dann den Tee. Okay?« Alle nickten. »Ich gucke mal, wo er bleibt.«

Als Billie die Haustür öffnete, stieg Herr Danziger gerade die Stufen hoch. »Na, wie sehe ich aus, Billie?«

»Ganz gut.« Der schwarze Anzug sah zwar alt und abgewetzt aus, aber die Gräfin war schließlich verarmt. Sie konnte ihrem Butler nicht andauernd neue Anzüge kaufen. »Sie können gleich hier bleiben, Herr Danziger. Ich klingele jetzt, sie machen mir auf und melden mich bei der Gräfin im Wohnzimmer an.« Billie zog die Tür hinter sich zu und klingelte. Herr Danziger machte auf.

»Guten Tag«, sagte Billie. »Ich bin Herr Montabaur von *Halli-Hallo*. Die Gräfin hat mich zum Tee eingeladen.«

Herr Danziger schnaubte.

Billie sah ihn warnend an.

»Ja. Hm. Wenn Sie mir bitte folgen würden, mein Herr«, sagte Herr Danziger und hielt die Tür auf. »Hier entlang, bitte. Die Gräfin erwartet sie.« Herr Danziger ging zum Wohnzimmer, öffnete die Tür und räusperte sich. »Gräfin, darf ich Ihnen Herrn … HUUUUUUUH! Huhuhuh! HöHÖ … HahahaHA! HAHA…« Herr Danziger hielt sich an der Türklinke fest und lachte. »HihiHI …« Er schwankte hin und her.

Billie fasste sich an die Stirn. »Herr Danziger! Hören Sie doch auf! Ein Butler lacht nicht.«

Herr Danziger zog ein Taschentuch aus der Hosentasche und wischte sich über seine tränenden Augen. »Ich weiß. Es tut mir Leid. Aber er sieht so komisch aus. HihihaHA …«

»Dann gucken Sie ihn, eh – sie … nicht an. Geht das?«

Herr Danziger versuchte es. Aber als er den Tee servierte, fiel sein Blick doch auf die Gräfin und er fing wieder an zu lachen. Fast hätte er das Tablett fallen lassen.

»So geht's nicht«, sagte Billie. Sie trat in den Flur. »MAM? Maaaa-aaaam. Kommst du mal?«

»Was ist denn?« Billies Mutter eilte die Treppe hinunter.

Billie schob sie ins Wohnzimmer. »Herr Danziger lacht immer. Wir brauchen einen Ersatz. Entweder einen neuen Butler oder ein Dienstmädchen. Also, Mam …?«

»Billie, ich habe dir schon –«

»Ich wage kaum darum zu bitten«, sagte Herr Danziger.

»Bitte, Mam.«

»Ich würde Sie sofort als Dienstmädchen einstellen«, sagte die Gräfin. »Sie könnten Mizzi heißen.«

»Mizzi …«

»Au ja!«, rief Loreley. Alfred nickte. Blümchen grunzte im Schlaf.

»Na, ich weiß nicht.«

»Oh, Mam!«

»Das ist doch ein ganz verrückter Plan.«

»Aber er wird gut gehen«, sagte Herr Geiger. »Wenn der *Halli-Hallo*-Mann mir die Gräfin glaubt, wird alles glatt gehen. Und bin ich nicht eine hervorragende Gräfin?«

Frau Pinkernell nickte. »Wie ein Briefträger sehen Sie jedenfalls nicht aus.«

»Du hast auch nur ganz wenig Text, Mam.«

»Oh – na gut! Aber, wenn die Sache auffliegt und wir alle im Gefängnis landen, denkt dran: Ich habe davor gewarnt.«

»Ich gehe nur ins Gefängnis, wenn ich Blümchen mitnehmen darf«, sagte Alfred.

»Ach, wir kommen doch nicht ins Gefängnis!«, rief Billie. »Jedenfalls nicht wir Kinder.«

»Nein«, sagte Herr Danziger. »Ich glaube, im schlimmsten Fall bin ich einfach den Job als Gräfin los. Außer, *Halli-Hallo* verklagt mich wegen Hochstapelei oder so etwas.«

»Wenn wir jetzt schön üben, landet keiner irgendwo«, sagte Billie. »Weil *Halli-Hallo* dann gar nicht merkt, dass hier was nicht stimmt. Los, Mam – ich meine: Mizzi – servier jetzt mal den Tee. Und Sie, Herr Danziger, müssen bitte gehen. Sie stören die Generalprobe.«

Sie probten und probten mit echtem Tee und eingebildeter Torte, bis jeder Satz saß und Billie zufrieden war.

Das Experiment

Billie schlenderte durch den Garten. Es würde morgen schon alles gut gehen. Und sie freute sich auf die Torte. Aphrodite hatte versprochen sie vor drei Uhr liefern zu lassen. Billie klapperte mit den Augen in ihrer Hosentasche. Vielleicht würde ihr die Konditorei Kondylas ja eine Augentorte schenken. Eine dreistöckige, rundherum mit Zuckeraugen besetzt. Das wär doch was!

Auf den warmen Fliesen der Terrasse saß Sophie und putzte sich den Schnurrbart. Sie hörte damit auf, als Billie näher kam, gab ein sehr ungeduldiges »M-mau!« von sich und folgte Billie in die Küche. Sophie setzte sich neben ihre leere Futterschale und sah Billie an.

»Okay, ich versteh schon.« Billie füllte Napf und Schale. »Hier, bitte schön, Sophie. Frisches Wasser und dein Abendbrot. Guten Appetit.« Sich selbst säbelte Billie eine dicke Scheibe Brot ab, beschmierte sie mit Butter und legte ein Salatblatt drauf. So! Mal sehen, was der Kühlschrank noch hergab. Sie nahm ein Glas mit Gürkchen heraus und stellte es auf den Tisch und den süßen Senf. Der musste noch unter das Salatblatt. Und oben drauf … ja, Käse. Der Emmentaler da ganz hinten. In die Löcher würde sie Gurkenscheibchen legen. Billie schob eine runde Pappschachtel mit Camembert zur Seite. *Karls Camembert* stand unter einer Zeichnung von einem Mann mit Baskenmütze, *Weißschimmelkäse aus dem Allgäu*. Hatte der Mann nicht ein kleines bisschen Ähnlichkeit mit Herrn Danziger?

HALT! Schimmelkäse? SCHIMMEL! Du dicke Socke! Billie

griff nach der Schachtel und knallte die Kühlschranktür zu. Sie nahm eine halbrunde Käsehälfte aus der Schachtel und wickelte sie aus der weißen Folie. Der Käse war ganz und gar von einem watteweichen Pelz überzogen. Billie strich mit dem Finger darüber und grinste. Schimmel war Schimmel, oder?

Sie rannte hinauf zum Dachboden, zerrte eine Sprühdose *Schimmelschock* aus dem Karton, sprang die Treppen wieder hinunter und begann mit dem Experiment. Sie legte die weiße Camemberthälfte auf einen weißen Essteller.

»Achtung. Es geht los. Alle Mann in Deckung.« Billie nahm die Verschlussklappe ab, schüttelte die Sprühdose vorschriftsmäßig auf und ab, legte ihren Zeigefinger auf den Sprühknopf, streckte den Arm aus und sprühte los.

Psch-sch-sch-schüüü... machte es und ein weißer Schaum legte sich über den Käse, bis er wie unter einem Berg von Badeschaum verschwand und nicht mehr zu sehen war.

»So! Und jetzt?« Billie setzte sich an den Tisch, stützte ihr Kinn auf und ließ den Schaumberg nicht aus den Augen. Nach einigen Sekunden ertönte ein leises Zischen. Der Schaum begann zu blubbern. Sophie sprang auf einen Stuhl und betrachtete das Gebilde. Der Schaum verfärbte sich grünlich, es roch nach Pfefferminz. Die Masse verflüssigte sich, löste sich auf und lag als graugrüne Sauce um den nackten Käse. Der Schimmel war weg!

»Es hat funktioniert, Sophie! Jippieh! Mam, ich hab's!« Billie rannte los, kehrte um, klemmte sich die Sprühdose unter den Arm, legte die zweite Käsehälfte auf einen sauberen Essteller und rannte wieder los.

»Mam, ich hab ihn!« Billie stürmte ins Arbeitszimmer. Ihre Mutter saß vor dem Computer und aß einen Apfel. »Wen hast du, Billie?«

»Na, den Schimmel. Jetzt kannst du den *Schimmelschock* in Aktion sehen. Aber pass gut auf, mehr Schimmel habe ich nämlich nicht.« Billie schob ein paar Papiere zur Seite, stellte den Teller auf den Schreibtisch, hob die Sprühdose, zielte und drückte ab. *Psch-sch-sch-schüüü...* machte es wieder. Diesmal wurde der Schaumberg noch größer.

»Aber, Billie ... war das nicht mein Camembert? Was machst du denn da?«

»Na, ich entferne Schimmel! Ist doch Schimmelkäse. Guck!« Es zischte und blubberte, der Schaum wurde grünlich, löste sich auf und endete als Pfütze um den entschimmelten Käse.

»Du liebe Güte, Billie ...«

»Toll, nicht? Jetzt kannst du ganz genau beschreiben, wie er funktioniert.«

»Da hast du Recht. Das war eine äußerst eindrucksvolle Vorführung, Schatz, und sehr hilfreich. Vom Schaum wusste ich, das steht auf der Packung. Aber die unheimlichen Geräusche, der penetrante Geruch und diese Lache, die zurückbleibt – die waren mir neu. *Sie können hören, wie der Schaum für Sie arbeitet,* werde ich schreiben ... Aber, ach, mein schöner Camembert!«

»Keine Sorge, Mam. Montagmorgen gehe ich gleich los und kaufe dir einen neuen.«

Abends im Bett notierte Billie die neusten Entwicklungen. Sophie saß am Fußende und beknabberte die Krallen an ihrem linken Hinterbein. »Also«, murmelte Billie. »Erstens ...«

1. Schimmel-Suche: erledigt! (in letzter Minute)
eigener Schimmel!! Wo? —> auf Käse im Kühlschrank

2. Smaragd-Anhänger: wieder da!

Witzbold unschuldig. Dietrich auch.

—> Schachteln vor Einbau in die Torten VERWECHSELT. Anhänger hing um den Hals von Frau Gosewitz. ZUFALL! Trotzdem Belohnungen: Augen! Torte! (vielleicht repariertes Fahrrad???)

3. Gräfin: Generalprobe okay

kein Butler (lacht zu viel); neu: Mam als Mizzi

»Herr Danziger hat jetzt gar keine Rolle. Du auch nicht, Sophie.«

Die Katze hielt inne, sah Billie an und fuhr nach einem Moment mit ihrer Fußpflege fort. Es war ihr wohl egal.

Fliegende Untertassen!

Den Sonntagmorgen verbrachte Billie auf dem Dachboden. Zusammen mit Sophie suchte sie nach einem Bilderrahmen für die Augen. Der Speicher war bis in die letzte Ecke voll gestellt. Es gab Truhen, alte Schränke, kaputte Stühle, zusammengerollte Teppiche, geblümte Nachttöpfe, Bücherregale, in denen Schuhe standen, Körbe, Kisten und Kartons. Von einem Balken hingen altertümliche Schlittschuhe; zwischen den Kufen hatte eine Spinne ihr Netz gewebt. Sophie kauerte neben einem blauen Krug, in dem Schirme standen, und starrte in die Dunkelheit. Ihr Schwanz bewegte sich hin und her, sie sprang los und verschwand hinter einem Bettgestell. Billie öffnete einen rostigen Kasten mit Griff. Er enthielt einen Hammer und andere Werkzeuge. Sie stellte ihn an die Treppe. Vielleicht wäre er was für Tim. Nach ein paar Stunden schleppte sie ihre Beute nach unten: in einer Hand den Werkzeugkasten, über dem Arm einen braunen Bilderrahmen für die Augen, auf dem Kopf zwei Hüte, um den Hals einen geblümten Seidenschal und über der Schulter ein weißes Schürzchen. Das war für Mizzi. In Sophies Schnurrbart hing eine Staubflocke. Von der Schwanzspitze wehte etwas Spinnengewebe, als sie vor Billie die Treppe hinunterlief.

Die Hüte und den Blumenschal hängte Billie an die Garderobe. So sah es hier mehr nach einer Gräfin aus. In der Küche bereitete sie ihre beste heiße Schokolade und stellte sie zum Abkühlen in den Kühlschrank. Als Nächstes deckte sie den Teetisch im Wohnzimmer. Eine von Urgroßtante Malwines bestickten Tischdecken mit passenden Servietten, dazu das Teeservice, Kuchengabeln, kleine Löffel. Blumen? Sie lief in den Garten, pflückte ein paar Margeriten, stopfte sie in eine kurze, runde Vase und stellte sie mitten auf den Tisch. Noch ein silberner Tortenheber für die Torte. Fertig!

Fast zwei Uhr. Billie besuchte Herrn Danziger, der Lampenfieber hatte, obwohl er gar nicht auftreten musste.

»Ich habe vor Nervosität sämtliche Schuhe geputzt«, sagte er. »Ich weiß noch nicht, was ich als Nächstes tun werde.«

»Ist egal. Hauptsache, Sie bleiben in Deckung.«

Tim kam und wechselte die Namensschilder aus. Billie gab ihm einen Klappstuhl für seinen Wachposten hinter den Büschen.

Herr Geiger als Gräfin brachte Alfred, Blümchen und Loreley in seinem Auto mit. Heute trug die Gräfin ein graues Kleid mit lila Punkten. »Meine Frau findet, es sieht vornehmer aus«, erklärte Herr Geiger.

»Seien Sie gegrüßt«, sagte Billie, um schon mal in die richtige Stimmung zu kommen. »Ich bin entzückt über Ihr Kommen.«

»Unsere Reise war völlig frei von Unbilden«, sagte Loreley.

»Außer dass ich beinahe in einen Hundehaufen getreten wäre«, sagte der kleine Alfred.

»Oh, Alfred«, sagte Billie. »Du hast doch keinen Text. Fang schon mal an, nichts zu sagen, ja?«

Alfred nickte.

»Ist das Wetter nicht überaus angenehm?«, kam Tims Stimme aus dem Busch.

»Ein sprechender Busch!«, bemerkte die Gräfin. »Wie außerordentlich ungewöhnlich.«

Billie grinste.

Die Haustür wurde geöffnet. »Darf ich die Herrschaften ins Wohnzimmer bitten?«, sagte Mizzi. Sie trug ein schwarzes Kleid und die kleine weiße Schürze und sah richtig echt aus.

»Jetzt fehlt nur noch die Torte«, sagte Billie.

Ein lautes Motorrad knatterte den Hügel herauf, kam näher und näher und blieb stehen. Nahe dem Tor, hinter den Büschen. Sie konnten es nicht sehen. Der Motor wurde abgestellt. Sie sahen sich an.

»Ist das schon Herr Montabaur?«, flüsterte die Gräfin.

»Los, schnell rein und auf die Plätze«, zischte Billie.

Zu spät! Das Tor wurde aufgestoßen. Ein Motorradfahrer mit rotem Helm kam herein. Auf den Händen balancierte er einen weißen Tortenkarton.

»Puh!«, rief Billie. »Alles in Ordnung. – Hallo, Arnie.«

»Joh – hallo, zusammen. Hier ist deine Torte, Billie. Mit schönen Grüßen von Dietrich. Und auch vom Boss. Er sagt – super, wie du seinen Kumpel da rausgehauen hast. Joh.«

»Och, ist schon in Ordnung. Hat Spaß gemacht. Schöne Grüße zurück an Dietrich. Und auch an Schinken.«

Arnie tippte an seinen Helm und ging. Der Motor heulte auf und sie sahen Arnie auf seinem Motorrad mit Beiwagen vorüberfahren.

»Mann ey, Billie«, kam es aus dem Busch. »Woher kennst du denn das Rudel?«

»Und wer, bitte, ist Schinken?«, fragte Mizzi.

»Erkläre ich euch später. Los, rein jetzt.« Billie trug den Tortenkarton und setzte ihn vorsichtig auf dem Teetisch ab. Zu ungeduldig um die Kordel aufzuknoten, nahm sie ihr Taschenmesser und schnitt sie durch. Billie lüpfte den Deckel. »Oh!« Keine Augentorte.

»Du liebe Güte!«, sagte Mizzi.

Der kleine Alfred machte große Augen und hielt sich den Mund zu.

»Das ist ganz außerordentlich unpassend für eine Gräfin«, sagte Loreley. »Was wird Herr Montabaur nur denken?«

»Ich finde sie schön«, sagte Billie. Es war eine große runde Schokoladentorte, geschmückt mit ganz vielen Fragezeichen in verschiedenen Größen, mit kleinen Lupen, Pistolen und Handschellen. Alle in weiß, alle aus Zucker. »Das ist die schönste Torte, die ich in meinem ganzen Leben gesehen habe. Hoffentlich isst der *Halli-Hallo*-Mann nicht so viel. Ihr müsst mir unbedingt ein Stück aufheben.«

»Aber was wird er denken?«, rief Loreley. »Pistolen bei 'ner Gräfin! Vielleicht wird er misstrauisch.«

Die Gräfin räusperte sich. »Keine Sorge, Loreley. Wir sagen ihm einfach, dass ich ein großer Krimi-Fan bin. Agatha Christie und Sherlock Holmes und so weiter.«

»Gute Idee!«, sagte Billie.

»Ach!« Loreley öffnete ihre rosa Handtasche. »Fast hätte ich's vergessen. Für dich, Billie.«

Billie nahm eine kleine Zellophantüte entgegen. *Getrocknete Lorbeerblätter* stand darauf. Sie enthielt drei dunkelgrüne, schmale Blätter. »Wieso? Soll ich eine Suppe kochen?«

»Nein! Lorbeer bedeutet *höchste Auszeichnung* in der Blumensprache. Und es sind drei Blätter, weil du drei Fälle gelöst hast.«

»Aha. Danke! Vielleicht hänge ich mir die auch über den Schreibtisch.«

»Ja, du kannst sie auf eine Schnur fädeln. Eigentlich wollte ich dir auch noch eine Schachblume mitbringen. Damit hätte ich dir gesagt, dass ich deine Intelligenz bewundere.«

»Wirklich? Meine Intelligenz?«

»Ja, aber ich wusste nicht, wo ich eine herbekommen sollte. Und hättest du sie überhaupt erkannt? Bestimmt nicht! Viele andere Blumen, die in den Blumensprachenbüchern stehen, kennt auch keiner mehr, so wie die Uchtblume. Und die, die man kennt, bedeuten manchmal etwas ganz Unbrauchbares, so wie –«

»Ist doch nicht so schlimm«, versuchte Billie Loreley zu beruhigen.

»Es ist aber unpraktisch! Und deshalb …« Loreley beugte sich zu Billie und sprach leiser. »Deshalb werde ich selber eine aufschreiben! Guck, ich hab schon angefangen.« Loreley zog ein kleines Heft aus der Handtasche.

Geheime Gewürz- und Gemüsesprache von Loreley

Baldrian (Pflanze, Pille oder Flasche)	–	immer mit der Ruhe, abwarten
Bohne	–	interessiert mich nicht die Bohne; ist mir piepegal
Champignon (frisch oder Dose)	-	Ich habe einen Verdacht.
Hafer (Korn oder Haferflocke)	–	Volle Kraft voraus!
Haselnuss	–	Vertragen wir uns wieder?
Kapern	–	keine Sekunde länger warten
Kartoffel (eine)	–	Ich will dir bei deiner Arbeit helfen.
Kartoffel (zwei)	–	Du sollst mir bei meiner Arbeit helfen.
Salat	–	Da haben wir den Salat!
Senf (Körner oder Glas)	–	streng sein
Spinat (Blätter oder gefroren)	–	Vorsicht – man will dich ausnutzen!
Strohhalm (geknickt)	–	Streit
Zwiebeln	–	Stärke und Mut

»Blumen werden auch dabei sein, aber nicht so sehr viele. Wenn ich fertig bin, können wir sie bei einem Fall ausprobieren.«

»Ach, weißt du …«

»Aber es wird ein bisschen dauern, bis ich fertig bin.«

»Ja? Gut! Ich meine – das macht doch nichts. Lass dir nur Zeit. Viel Zeit.« Billie schaute auf die Uhr. Drei vorbei.

»Okay. Ich gehe schon mal nach draußen auf die Leiter.«

In der Küche schnitt sich Billie eine Scheibe Brot ab, als Proviant für ihren Aussichtsposten. Sie kletterte auf die Leiter, schob den Vorhang zur Seite und schaute durch das angelehnte Fenster ins Wohnzimmer. Der kleine Alfred hockte auf der Fußbank, Blümchen lag zu seinen Füßen. Die Gräfin saß im Sessel und fächelte sich mit einer Serviette Luft zu. Loreley lehnte gegen die Sofakissen. Mizzi ging auf und ab. Und ab und auf. Es schellte. Mizzi erstarrte. Loreley setzte sich gerade hin.

»Da ist er! Denkt bloß dran, mir ein Stück Torte aufzuheben.«

Mizzi rannte zur Haustür.

Billie zog den Vorhang wieder vor.

»Ich bin entzückt über Ihr Kommen … Ich bin entzückt über Ihr Kommen …«, murmelte die Gräfin.

»Soll ich eigentlich einen Knicks machen?«, fragte Loreley.

»Gehen Sie rein«, sagte Mizzi.

Die Wohnzimmertür öffnete sich. Billie hielt die Luft an.

»Ja, also …«, sagte Herr Danziger.

Billie riss den Vorhang zur Seite. »Herr Danziger! Was machen Sie denn hier? Sie müssen sofort wieder verschwinden! Er kann jede Minute hier sein!«

»Ja«, sagte Herr Danziger. »Ich meine Nein. Er kommt nicht. Er rief gerade an. Soeben wurde er von seinem Chefredakteur per Handy nach Hannover umgeleitet.«

»Was?« – »Wie bitte?« – »Gott sei Dank.« – »Och, er kommt nicht?«

»Ja, ein Ehekrach im Schloss dieses Skandal-Prinzen. Streit mit der Schwiegermutter, heißt es. Er schmeißt Geschirr aus dem Fenster. Fliegende Untertassen und so etwas. Darüber muss Herr Montabaur jetzt berichten. Ist das nicht großartig?« Herr Danziger strahlte. »Der Besuch hier ist auf unbestimmte Zeit verschoben.«

Herr Geiger nahm die Perücke ab.

Billie kletterte durchs Fenster ins Wohnzimmer. »Er schmeißt mit Geschirr? Der spinnt wohl.«

»Ja«, sagte Herr Danziger. »Ist das nicht wunderbar? In letzter Minute gerettet von fliegenden Untertassen.«

»Und jetzt?«, fragte Loreley.

Sie sahen sich an.

»Na, jetzt essen wir die Torte!«, rief Billie.

»Aber im Garten, ja?«, sagte ihre Mutter. »Alfred, sagst du bitte Tim Bescheid?« Alle fassten mit an und wenig später saßen sie am Tisch unter dem Apfelbaum. Billie schnitt die Torte an. Schmale und breite schokoladige Stücke, jedes mit einem weißen Zuckerzeichen obendrauf. Die Gräfin mit ihrer neuen Stoppelhaar-Frisur schenkte China-Tee ein. Der ehemalige Butler goss Billies beste Schokolade in vier Becher. Auf einem breiten Ast über ihnen lag Sophie und beobachtete Blümchen, die mit ihrer Nase am Boden durchs Gras zog.

»So! Wer möchte was?« Billie schwenkte den Tortenheber und zeigte auf Herrn Danziger.

»Ah! Dürfte ich um ein Pistolen-Stück bitten, Billie?«

»Dürfen Sie.«

»Und ich hätte gern eins mit Lupe, weil ich doch Briefmarken sammele«, sagte Herr Geiger.

»Alfred, was möchtest du?«

Alfred machte eine Faust, streckte den Zeigefinger aus und deutete auf Billie. »P-ch …!«, machte er.

»Du darfst jetzt wieder sprechen«, sagte Billie.

»Ach so. Eins mit einer Pistole, bitte. Peng!«

Billie lud ihm ein Tortenstück mit einer kleinen Pistole auf den Teller.

Mizzi bat um Handschellen, Loreley wollte das kleinste Fragezeichen, Tim war es egal.

»Dann bekommst du auch Handschellen. So! Aber was nehme ich als Erstes? Ein Fragezeichen?«

Loreley nickte und nahm ihre Kuchengabel auf.

»Oder nehme ich eine Lupe? Weil ich immer alles gaaanz genau untersuchen muss?«

Loreley ließ ihre Gabel wieder sinken.

»Ja, nimm auch eine Lupe«, meinte die Gräfin.

Billie schob den Tortenheber unter das Lupenstück. Sie zog ihn wieder weg. »Oder doch ein Fragezeichen? Weil ein Fall immer mit einer Frage beginnt?«

Tim grinste.

Alfred fuhr mit dem Finger über die Rückseite seines Tortenstücks und steckte sich einen schokoladigen Finger in den Mund. »Mhhhh … lecker!«

»Nun mach schon, Billie!«, rief Loreley.

»Ja, Schatz, entscheide dich. Wir warten alle auf dich.«

»Ja, ja. Noch eine Sekunde. Ich glaube … ich nehme … AUTSCH!« Billie fasste sich an den Kopf. »Loreley!«

Loreley lachte. »Ich war's nicht.« Sie deutete mit ihrer Kuchengabel nach oben in den Apfelbaum.

Billie sah hinauf. Sophie hatte den Ast gewechselt. Hatte sie dabei den Apfel losgetreten? Sophie sah Billie an und fuhr sich zweimal mit der Zunge über die Nase.

Loreley spießte den im Gras liegenden Apfel mit ihrer Kuchengabel auf und schwenkte ihn vor Billie hin und her. »Apfel auf den Kopf – das heißt: Entscheide dich endlich!« Sie kicherte.

»Schon gut, schon gut«, sagte Billie. »Ich weiß jetzt, was ich will.« Sie setzte das Fragezeichen-Stück auf ihren Teller – vorsichtig, damit es nicht umkippte – und holte sich das Lupen-Stück noch dazu. »So! Gut, nicht?« Billie grinste in die Runde. »Los, haut rein, Leute!«

Alle Leser und Leserinnen sind eingeladen,
die Billie-Homepage zu besuchen:

www.billiepinkernell.de

- hol dir Baumhaus-Tipps
- schau dir Torten-Fotos an
- erfahre mehr über die Blumensprache
- finde heraus, welche Detektivbücher in Billies Regal stehen
- klicke auf die besten Links für junge Krimi-Fans
- lies die lange Liste mit Loreleys Lieblingsbüchern
- schreib eine E-Mail an Gesine Schulz